白象文化
含笑
村野夫——著

自序

人生如戲，每個人的手中都有一本屬於自己的劇本。自己當主角，當自己看著他人荒腔走板的戲碼不斷地上演時，可曾靜心思考過自己不僅是人生劇本中的導演，亦是別人眼中戲碼的演員。

社會的各個小角落，每日不斷上演著這些看似平凡卻又充斥著真實人性的小故事。與其說《含笑》是一本小說，倒不如說它是一本以詼諧逗趣的說書方式呈現出來的一本短篇故事。

全書五個單元。

〈冥緣〉單元寫的是民間冥婚的故事，多數人或許聽過，但沒親眼見過，書中的故事是發生在作者的一位朋友身上，所以寫來才能似親眼所見一般，陽也好，陰也好，各種緣分冥冥之中自有定數，想找不見得找的到，想避也不一定能避的了。

〈老茄〉單元，老茄無意間當上了老茄，一生自命風流，風花雪月，日日風流，在桃花堆裡打滾，自以為天生是個玩花的命，哪想得到最後自己才了解，原來自己只是個老茄，開了一輩子玩笑，最後卻讓玩笑玩了自己。

〈打擂〉單元，從小被霸凌的小伙子，一心想變強，成為一個復仇者，但因為金錢與生活，一頭鑽進了職業拳手的路，打黑拳，這段短暫的經歷，成了主角一生難忘的回憶。

〈當貓兒遇上鯨魚〉單元，這段混著金錢與情慾的故事，不知道色慾與金錢交融之下，能濺出如此醜陋的糾葛關係，似有意似無意的，一步一步讓書中女主角由情慾陷入騙局，兩者之間的互動關係就正如標題，當貓兒遇見鯨魚，不知道是貓吃鯨魚還是鯨魚吞了貓。

〈含笑〉單元，一個被丟棄路邊的棄嬰，一個好心的婦女，一個叛逆的女兒，交織出一段恩怨，知命的珍惜所擁有的，滿懷怨恨的心中就只有仇恨，心善的母親，面對親生女兒的仇恨與逼迫，心是如刀割的，三人的恩怨，最後由後代來收場。

故事是慢慢咀嚼的，我以說書的方式，所呈現出來的這本書，希望大家能喜歡，分享是我繼續完成說書系列的最大動力。

二〇一八年初秋序於嘉義民雄

目錄

壹、冥緣 9
貳、老茄外傳 31
參、打擂 57
肆、當貓兒遇見鯨魚 93
伍、含笑 133

壹、冥緣

一

張昇一向不信鬼神，甚至嗤之以鼻，可張大媽卻是一個虔敬的佛教徒，教育孩子一向管他們要以勤勞樸實為本。

這張昇打一出生，就在這鳥不生蛋的窮鄉僻壤成長，張老爹種的幾分薄地，張大媽弄點手工細活貼補家用，家裡省吃儉用雖過得去，倒也顯得拮据，因此張昇打從小就想離開鄉下，到城市裡闖闖，想說城市裡有活幹，掙錢比較容易。

張昇跟父母提了好多次，總被張老爹以家裡活兒欠著人呢，放著兩老，可幹得了？給擋了回來。

大約張昇二十出頭那一年，家鄉裡鬧大饑荒，全鎮村落田地大都缺水給荒廢掉了，於是這會兒，張大媽跟張昇他爹商量過後，主動跟張昇提了這事，與其全家一起餓死在這窮鄉下，倒不如放手讓孩子到外頭闖一闖，興許能闖出一個名堂也說不定，就那年，張昇拎著簡單的行囊，往省城投靠舅媽求發展去了。

其實這小伙子從小苦慣了，原本也就是個勤勞樸實樣，什麼活都接著幹，就想掙錢存錢讓家中的兩老過過好日子，初到省城，倒也幹過搬運工、拉車、扛貨種種勞動工作，靠的是力氣換錢的工作，最後被一個經營清潔及運輸貨櫃的老闆看中，交給他打理清潔貨櫃的事物，這張昇倒也不讓人家失望，做的是安安分分、穩穩當當的，讓人家放心的將大小事務全交給他。

二

張昇這一去省城幹活，一晃眼，也過了好幾年，張家的日子寬裕了不少，至少不用看著這餐望著下餐犯愁，張家毛草蓋的小宅子也翻成了青瓦屋，所以村裡大夥議論著，話都說這張昇到了省城幾年翻身發達了，於是同村裡的大毛及二毛也整天抬頭巴著月亮望，想早日登天，到城市裡頭闖一闖了。

這一天大毛拉著二毛，挨著到張大媽家裡頭去，試探著打聽張昇的著落處，想到城裡投靠他，這張大媽倒也好心眼，不但詳細告知張昇的去處，順道還帶上口訊，要張昇好好照應這兩個從小打泥巴仗，混著一塊長大的同鄉玩伴。

不到幾天的功夫，這大毛和二毛背著行李，就杵在張昇的住處外等著，這住處是公司老闆在貨倉一角騰挪出來給張昇住的，一來住處有著落，二來半夜裡還可以照應著廠裡的貨櫃，防著半夜裡叫人把貨給扛了。

這一天，張昇一下工回到住處，見著了大毛及二毛，得知來意，倒是仗義，馬上找老闆去跟大毛及二毛要了一份清洗貨櫃的差事，三個人一起過得倒也樂活。

怪事就在這三個小伙子休假那天發生了，原來離張昇住處不遠，有一大片墓園，是公立的，所以照顧得很好，像公園一般，早上也多有人前往繞著山路散步運動，張昇也不例外，常往山上跑，這一天，張昇領著大毛、二毛一路往上爬，說要帶他們去看一個美女，這大毛、二毛心裡頭犯嘀咕，到這什麼鬼地方看美女，搞得神神祕祕的，連覺都不讓人睡，這麼早就把人給拉上這山上來，什麼地方不去，偏往這墓園裡頭鑽，而且越走心裡越發毛。

三

這張昇領著大毛、二毛沿著山路繞著圈，拐進了一處三叉路口，停了下來，走的大毛、二毛氣喘吁吁，張昇倒是一臉愉悅，大毛彎著背半蹲著喘息，不明究竟的問著張昇說：帶我們看美女，怎麼就看到這鬼地方來了？待大毛這話一落，張昇馬上反應：你們看，漂不漂亮，這美女？大毛、二毛順沿著張昇手指比畫處，定眼一瞧，一整個下巴差點掉落下來，舌頭也一時忘了縮回嘴裡，兩個人互瞧一眼，一陣冷顫打從腳底往上竄到頭頂，頂上一陣酥麻，一會兒才回過神來，看著墓碑上，那張露出羞澀少女般的照片，再回頭揪著張昇瞧，就這麼來來回回瞧了兩三回，越看那少女，越覺得出奇的漂亮，也越看越覺得那抹神祕的微笑，像是衝著他們而來。

就當此時，張昇望著照片，透著婉惜的語氣說道：多可惜呀！要能娶著當老婆，那可多好！你們說是不是？話一說完，大毛、二毛這二話不說，立馬拉著張昇的臂膀，朝著大路往回衝，一待下山，二毛對張昇罵道：你這糊渾的東西，就一條發情的野狗，也不能這種搞法，這矇瞎了眼的東西，人家是啥？你是啥？這一陰一陽的，可能亂來的嗎？吐出話的時候倒也不先想一想。

倒是這張昇非常不以為然的說：看，這麼一說，就嚇得你們這副龜孫樣，若真的能合婚的話，我可求之不得呢。

就這麼一回事，一向不信鬼神之說的張昇，打這天有大毛、二毛兩人陰陽為證開始，這一樁姻緣就著落在他頭上了，這事一開頭，可慢慢鬧開來了。

四

其實這女魂早就跟上張昇這小伙子了，話是這麼說的，早在大毛、二毛還沒來省城找他的時候，張昇一個人就早起，常跑到公墓那兒轉溜活動筋骨，就一日，無意間發現了那墓碑上女孩的照片，也就天天跑去呆望一眼，發楞一下，瞎說些渾話及愛慕之意等種種舉動。

這陰陽合緣也就得陰陽兩證，就陰證方面，墓園裡陰亡魂魄一大圈，隨便要幾個都可以，這些日子以來，也就差兩個陽證為憑，巧合在大毛及二毛隨著張昇上山走這一趟，就一招棋，定盤落下，輸贏就全給顯露出來了。

其實張昇這小伙子，人品原本就不差，勤樸牢靠，這陰姑娘心中早就合意與其定冥緣之約，這一下子陰陽各有憑證，陰姑娘可發話了，當天隨著張昇、大毛、二毛落在他們住處，打那天開始，張昇每到夜裡就全身發紅發燙，量著體溫卻又正常，半夜裡開始斷斷續續，沒緣由的說著渾話，像與人對談似的有說有笑，這景況有時看的大毛、二毛心裡頭發毛，有種不好的預感，卻又無能為力，一來又不能整夜看著張昇，不讓他說渾話，二來每當張昇做出一些看似男女親暱的曖昧舉動時，硬要叫醒他，硬是叫不起來。

折折騰騰的近個把月，這原本厚實健碩的男子，一下子消瘦了一圈，臉罩著一片黑墨，人萎縮沒精神了倒還好，還變得迷迷糊糊自言自語，沒由來的傻笑，看的才叫人擔心。

五

張昇發癲了，廠裡大大小小的人都這麼說，大夥兒能這麼說也非無的放矢，這外表看來，張昇真是癲了，廠裡的事擱著不幹，天天發癡傻楞，老往墓園裡頭鑽，就坐在那兒，一個人對著相片自言自語，有一搭沒一搭的，倒像自個兒唱戲。

這老闆向來照顧張昇，一看不是個對頭，那天把大毛、二毛叫過來問話，這兩個小伙子也不知個所以然，張昇變這樣，他們也正犯著愁卻又搭不上頭，到頭來，老闆吩咐大毛、二毛好生地領張昇回家裡休養。

一回到家裡頭，張家老爹跟大媽看了自己兒子好生生地卻變了這副模樣，著了急，大媽哭脹了臉，傷心是該傷的，但兩老倒也不敢耽擱這孩子的病情，四處求醫，有的說積鬱成疾，有的說積痰犯痴，眾說紛紜，沒一個來頭，弄到最後還是得回省城大醫院做徹底檢查，尿、血、電波樣樣都來一回，檢查結果可也都沒問題。

轉到後來，連精神科醫師都派上了，也做了腦波檢查、心理對談，但談是談了，也談不出一個所以然，最後做了一項雙腿交叉直線前進及眼神迴轉的測試，這醫師對大媽說了：你兒子精神方面倒也正常，不犯人格分裂，我看這是一種意識的自我催眠，你們就看著辦，找個他最信任的人來給他開導開導吧，這一說，不得了，張大媽可急了，說的這是什麼話呀，病都沒給醫著，怎麼就找人開導，那犯得著用醫生嗎？這能是個什麼醫法？我說老天爺呀！

六

在省城大醫院折騰了近半個月，求醫不順利，張大媽心裡頭悶得發慌，索性回小鎮，看著張昇日益消瘦，現下連食嚥都困難，就常聽著張昇嘴裡嚷著「要回墓園，等著提親呢」這句話。越聽越讓張老爹及張大媽越顯著奇怪，張大媽一向信佛，這求醫不得，人一急了，就亂了方寸，所謂急病亂投醫，要不就是四處求神問卜，這一日，張大媽特地跑到鎮邊，鐵卜神算張麻子處，去給占個鐵算盤起個卦，待張麻子劈哩啪啦橫桿一跨，中指按著掌心屈算，半晌，張神仙發話了，說道：我說張家大嫂，你們家張小子這回是犯了陰煞桃花，死劫難逃，挨不過三月，嫂子你看開點，就早點準備辦理後事了吧。

這話頭一落，張大媽差點沒昏厥過去，走出張麻子處，心中失了盤算，一路胡折亂拐的，莫不知自己卻到了觀音廟裡頭，這一看到菩薩娘娘慈悲的臉，緊繃著的心，一下子洩了堤，哭的是稀哩嘩啦的，直求著菩薩無論如何一定要救下她家的小伙子，獨生兒。

這廟口旁處有個叫童作的法師，專在廟口處獵坑一些遇事求神的，這童作大約聽出了一些端倪，趨前對張大媽說：我說這位兄嫂，你家兒子可是犯了陰煞作祟，張大媽一抬頭見這位法師鐵口直言，心中信服了七分，也就一五一十的將情況說給這位童法師聽了，擺弄了老半天，說好了捉妖的價碼，童作氣定神閒的對張大媽說：不就是犯個小鬼嘛，有啥好擔心的，待我起個壇，設個八符陣，一下就把這鬼東西給拘來，除乾淨晦氣，還你個健康的兒子，如此提說，跟張大媽約好今晚起壇作法。

七

話說童作法師跟張大娘約好今晚午夜起壇拘鬼，這童作辦事倒也不含糊，在張宅大院前造了個七星壇，周遭依先天八卦所屬各插上五行旗，驅鬼令符，畫起八符烙成的一張八符陣，桌面備上葷素祭禮，桃木劍、白羽扇、公雞血、糯米、紙人符令及大素白蠟燭一對，童法師頭上挽個道簪，身穿道袍，威風凜凜的站在壇前，手拿素香，口中念念有詞，祈請各路神祇降壇伏魔。

張昇這方面，則奄奄一息，口中不斷念叨著：回墓園等著提親呢這句話，斷斷續續的重複。待午夜一到，神壇祭出烈火，焚了第一道符，桃木劍一起，倏地一陣陰風驟起，颳的是周遭圍觀的街坊個個打了個冷顫，更顯出伏鬼這門功夫的弔詭與神祕。

待第四道八陣符祭出，屋裡張昇一陣鬼嚎，突然從床上竄起，死命往林子裡奔逃，任由四個鄰家大漢幫忙壓伏也制服不了，待一到深林處，張昇陣陣哀嚎，不停打顫，就著泥地上打滾。

這童作法師，待要祭出八符陣時，狂風一掃，整個祭壇東倒西歪，連法師的道袍也被刮的狼狽不堪，這白燭火、七星燈一滅，童作手裡的桃木劍亦斷成兩截，這張昇又從泥地上竄起，直往省城方向奔去，童作起壇無法將這女魂順利拘上，臉上掛不住彩，直說這魂魄厲害，非一次就能辦倒她。

這一夜，張昇失蹤，也不知去向了，當晚張大媽心急如焚，淚如雨下，就著灰矇矇的燈，天將亮的時候，隱隱約約的看到一個面帶微笑的少女，用乞求的眼神望著對她說：張伯母，我跟你家張昇有四年陰陽夫妻的緣分，就求您成全了吧，您順著張昇走到墓園，自有人跟您說明一切。待張大媽一醒來，早已嚇出一身冷汗，這夢似夢非夢，模模糊糊的也說不明白，這一起身才想到還得找著張昇的下落呢。

八

照片中的女娃原本只想安安分分的守在張昇的身邊，但這陰陽總有區隔，女娃附在張昇身邊的陰氣一長，倒害得張昇的陽氣日消，以致蝕骨銷魂給迫出病來，還虧這童法師誤打誤撞，起壇拘鬼，把這女娃的原魂給逼迫了出來。

還好張昇原本就是個健壯的小夥子，否則就真如鐵算盤張麻子所言，挨不過三個月了，起壇那天張昇像發了狂似的直奔省城，一路竄到墓園，到時已是天將亮的時分，由於體力耗盡，終於在墓前昏厥了過去，這成了要死不活的半個活死人。

話說回來，這女娃其實是省城東郊一個大戶人家的獨生閨女，父親姓竇，頗有家產，就近相識的人家管叫他竇大爺，為人善良只可惜膝下無男丁，就這麼一個安分乖巧的女兒，取名瑞瑤，當真天生就是一個美人胚子，可身體孱弱，十五歲那年死於肺癆，弄得竇大爺夫婦倆，直嘆造化弄人。

其實打老早，在張昇領著大毛、二毛在墳前發話約婚的那天起，瑞瑤就不只一次託夢雙親，催促二老得閒時，約在傍晚時分常到墓園走一走，交待著有個年輕小伙子會來提親，並請雙親成就這一段冥陽之緣，只是這竇大爺兩老都當是思女心切，才會有所夢境，可話是這麼說，但心裡總覺得不踏實，就那天，竇大爺夫妻倆心裡揪著，悶得慌，於是相偕往墓園走這麼一遭，一下瞧得一身狼狽只剩半條命的張昇，見這人就死得一半了，口中卻還叨叨唸唸的說著：在墓園裡等著提親呢，這句渾話。

竇大爺一聽，怪怪；不得了，一個直覺往心頭湧上來，心中嘀咕著，莫非女兒托夢竟是實境不成，心頭一揪，跟著竇夫人馬上僱一輛車把張昇給載回家中，請大夫先照料著，可心中一把悶鎖尚給結死，不打開總是鎖著心裡頭發慌，於是竇大爺打那天起，就常往閨女的墓園走，而且得就在傍晚時分，這每天一待，總會待上兩三個時辰，另一頭，張家大媽見不著張昇的蹤跡，就一路直奔省城要找大毛、二毛問話去。

九

這話說到張大媽一路奔到省城，找到大毛、二毛的住處，提著這兩兄弟的臂膀給拖拉了出來，壓著嗓門對大毛說道：我說大毛呀，我們家張昇口裡喊著墓園子的啥東西，這是個怎麼回事呀？

大毛、二毛倆心頭一陣冷風颼颼的泛起，倒讓舌頭給犯了結巴，一時拿不出話來，過半晌，二毛回神想著那麼一回事，這才說道：張大媽，咱們倆就老實跟您說了吧，犯著的可不一定是這麼一檔事，不過您跟老爹可參詳參詳，琢磨一下，事兒的出處是這樣的，您家張昇不知道吃錯了什麼偏方藥引子，竟對著墓碑上的女娃照片，當著咱們的面，給人家陰姑娘約婚來著，如果就這麼一回事，咱倆可帶您到那墓園裡走一趟，您看怎麼樣？

這話不說開倒還好，這一下子頗有蹊蹺的著落點，倒讓張大媽心裡冷颼颼地涼了半截，頓時倒抽一口氣，一口氣順不上來，差點昏了過去，這張大媽心頭摸著了底，心想，按這說法，應當是犯了這檔事兒準沒錯了，於是催促著大毛、二毛帶路前往墓園。

而張昇這邊，可真有點邪門，打一進竇老爺家門那天起，這犯癲的毛病日漸好轉，氣色也日漸紅潤起色，看上去就是個壯碩穩健的小伙子，只是嘴裡還是叨叨唸唸的：還得給人家提親去呢；這竇夫人一看張昇小伙子，人品相貌一點不差，心裡著了底，對竇老爺說：如若真是這小伙子跟咱們家瑞瑤有冥陽之緣，那咱們可真得成全他們呀，這是竇家兩老這麼盤算的，但對張家老爹跟大媽倆來說，這完全搭不上頭的事，可決不允許讓它發生的。

就當日，張大媽隨著大毛、二毛往墓園裡走這一趟，終於就撞上了竇大爺了，這竇大爺看著陌生的三個人，往自己女兒的墓園走近，念頭一起，先閃到旁處去，就聽著大毛對張大媽說道：哪，就這兒。您們家張昇就是在這兒，給這位陰姑娘家約婚的，其當時竇大爺心頭一緊，緩步向張大媽面前走來，問道：這位兄嫂夫家可是姓張？張大媽一時莫名其妙摸不著頭緒，也不知該如何應答，這竇老爺可又隨著開口道：有個叫張昇的年輕小伙子可是妳家公子？

十

張大媽一聽竇老爺提到張昇，一方面又聽他問道：有個叫張昇的年輕小伙子可是妳家公子？心裡頭高興喜獲孩子行蹤，另一方面又錯愕，眼前這位看似有錢人家的大爺，怎麼就認識自己一個窮鄉下的孩子，竇老爺只得約略的向張大媽提說一下巧遇張昇的前因後果，至於有些疑問則想勞駕張大媽親往他們竇家敘談清楚，也好了解到底是怎麼一回事，至於張大媽，她只急著看孩子，也無心細想那麼多雜雜碎碎的瑣事，就隨著竇老爺僱車一路往竇家奔去。

一進屋裡，眼見張昇氣色紅潤，人也清爽了許多，立時沉下底的心這才穩了下來，當面向竇家夫妻倆道過謝，就急著要將張昇領回家。話可就玄在這兒了，這張大媽一把拉一把拖的要把張昇給領回家，可自家的渾兒子，就又這麼死皮賴臉的，又發起癲來，硬要賴在人家家裡頭不走。

俗話說：薑是老的辣，城裡人見的世面廣，處事自然是八面玲瓏，顯得是穩健許多，竇家老爺見這一場面，剛好出來緩頰，好留下張大媽母子，硬得要將女兒托夢一事給擺弄清楚。若是當真，也得好有個妥善的處理，心頭盤算穩妥，發聲道：我說張家這位兄嫂，看來您兒子的病情還尚未完全復原，就這麼著，我識得城裡一位高明的大夫，專治這怪病，倘若不嫌舍下寒陋，就請兄嫂跟貴公子尚先留住幾天，待我請來大夫將貴公子的病醫好了，再行離去，您看如何？

張大媽可是鄉下純樸的婦道人家，見自家兒子得了這種怪病，老早就不知所措了，一聽人家識得有大夫能診治的了，那還求不來呢！怎會不肯留下來，於是張大媽就說了：這位大爺若真能救得了咱張家這一條命根子，咱們張家對您的大恩絕不敢不報，終於，張大媽跟張昇還是被竇老爺給留下來了，也終於張大媽這盤暗棋也輸了一著了。

十一

張大媽為了張昇的病情留在省城竇老爺家，背地裡不忘託大毛捎口信給張老爹說道：咱家張昇果真犯的是陰煞桃花，女鬼附身，要請童法師再起壇拘魂，這次必定要將女鬼拘走，絕不能成就這段冥陽之緣，一定要讓張昇恢復正常。

但話說竇老爺這回倒也忙活著，竇家老夫妻倆為了促成女兒這段冥緣，果真請來一位醫術高明又精通陰陽通靈之術的高人。

張家宅院起了壇，童作為了上次拘鬼不成失了顏面，這次特也慎重，起了鎮魂玉塔大陣，壇前紙紮拘魂大小二爺、鎮魂七星玉塔、硃砂圓銅鏡、鎖魂鞭、桃木劍、七星蓮花座等零零總總，著實壯觀，卻也引來街坊們圍觀議論，個個說道：張宅著鬼入魔，走了霉運了，傳到後來硬是變成；張家死了獨子，喪了獨苗根，這話當真是越傳越遠，也愈差愈離譜啦。

竇家這回的茅山道士，在通靈之後，知曉張家可能的舉動，自然更是慎重其事，嚴陣以待，這邊為了避開張大媽的耳目，悄下在閨女瑞瑤的房間內開了壇立了法陣，擺了一道鍾馗嫁妹沖陰弄喜陣，除了先將女娃瑞瑤的牌位以雙喜紅紗布蓋住之外，立紮鍾馗老爺的開路大陣，大紅喜燭一對，備有紙紮八人大轎、開路小鬼頭一隊，冥間喜陣一應俱全，要以鍾老爺嫁妹的還陰大法，試圖魚目混珠避開童作的陽符催魂術，弄得不知道是鬼對人還是人對鬼了，實在話，村野夫也是看暈頭了。

表面上竇老爺除了要為了張昇的病情奔走之外，更要避免張家弄著道法來傷了自家閨女的魂魄，人說：天下父母心，只要是為了兒女的事，就是叫人到陰間開路也行，這張大媽與竇老爺倆就是最好的寫照。

待午夜一到，張家宅院陰風陣陣，吹得七星蓮花座將滅不滅，一閃一熄的，而瑞瑤姑娘房間牌位上的紅喜頭蓋也是將掀未掀，零零落落的。

十二

張家大宅起陣拘鬼，鬥上省城竇大爺家聘來的茅山道士，這一來一往，一攻一守的，靠的是真實本領，張家陰風慘慘，竇家守陣這邊可也好不到哪兒去，兩位茅山道士在壇前舞弄法器，焚祭符咒，忙的是不可開交，但文章最後卻又作弄在張昇及瑞瑤兩位主事者的身上，瑞瑤被鎮魂大陣壓的是魂魄將散，附在張昇身上，弄得小伙子臉色一片慘白，透著陰綠的邪氣，在室內漸漸坐立難安，一忽兒起身撞樑，一忽兒就地打滾慘叫，害得是張大媽一顆心懸在胸口，七上八下的，又不見自家宅院的拘魂陣是否站得上風，竇老爺也是，站在大壇後觀陣不敢出聲，悶得是大汗如雨，濕透一身。

約莫個把個時辰，童作壇前七星燈盡滅，拘魂鞭抽抖將下之時，這把頭離鞭斷成兩截，竇家瑞瑤姑娘牌位上的紅紗罩巾，被一陣符風一掃，著實不小的力道，紗巾隨風而起，繼而落地，牌位傾倒案前，一道裂痕由牌位按底頭往上剝裂開來。

張昇一聲慘叫，抽身拔腿往城上直衝，張大媽卻也拉他不得，索性追隨而出，但畢竟是婦道人家，怎地追得上一個年輕又發狂的小夥子。

哎啊，這張昇渾然不自覺，拔腿還是逕往著墓園裡鑽，但這一回玩弄的卻是同歸於盡的把戲，這下倒好了，他小子把頭按地上一傾，蹦得一聲，一頭直直的衝著瑞瑤的墓碑一撞，當場撞傾了墓碑，血灑墳前倒地不起。

說道這張大媽倒也機伶，追不得張昇，念頭一轉，索性直奔大毛、二毛住處，提著兩人，領路往墓園裡尋人，竇家茅山道士一看傾牌倒陣，馬上招來竇老爺，快往墓園去護住墓碑，但待眾人一到，我說這下不得了，眾人見一身是血的張昇倒在墓前，大家心頭一揪，心想可是大事不妙，兩敗俱傷。

十三

話說張大媽與竇老爺暗自鬥法，這一來一往的，無非是棒打鴛鴦，弄得是張昇與瑞瑤兩敗俱傷，這會兒，省城醫院的醫護人員忙翻了屋瓦蓋，急著搶救張昇小伙子，醫師宣告張昇顱內出血，要張大媽簽妥急救同意書，否則不敢動手術，張大媽這會兒倒失了魂魄，急得不知所措，這攸關人命的大事，竇老爺也不敢袖手旁觀，勸張大媽說道：兄嫂就簽了吧，也好讓醫生儘快急救哪，這急的倒是一番真心實意，卻是人家不領情，反惹得張大媽發急怒道：若咱張家這獨命根子，有個三長兩短的，姓張的絕對跟你姓竇的，桿棍橫入，過不去了，這一番氣話扯來可就長篇了，重要的是，最後張昇被推進了手術房，手術一動十二個小時，張老爹往省城奔來，一見著竇老爺，一把怒火翻昇上來，就要與竇家廝殺的一番模樣。

虧得張竇倆家的鬥法，於是乎，張昇與瑞瑤的冥陽之戀驚動不少人，正負看法各居一半，兩家從醫院吵到竇家，搞得熱鬧乎乎的，也就這一天，竇家門外來了一位看似修佛的中年婦人，相貌端莊還透出一股高深莫測的威嚴，說是拜訪竇家，一進門來，當著張老爹及竇老爺的面說道：可憐這一對有情鴛鴦，三世情分注定生死相陪，前一世有情無分，這一世有冥陽之緣四年，得到第三世才能成就姻緣，婦人繼而對竇家老爺說道：我說竇家老爺，你閨女是否陽年陰月陰日子時旁分生？右大腿胎記上有塊響烙的深疤痕？這話說完，繼而轉向張老爹說道：我說你家獨兒，是否陰年陽月陽日午時旁分生？右臂烙個齒痕紅胎記？

這一番話，聽得張竇倆家是個個傻眼，真神乎！若不親見，絕不可能知道如此私密之事，這會兒，兩家信服了七分，這位女居士又言道：若要張昇回魂救活過來，瑞瑤姑娘的魂魄聚合，非得兩家冥陽合婚不可，否則小倆口一定攜手共赴陰司，待結續第三世情緣。

十四

院方說張昇的情況不樂觀，幾天下來，雖然有生命跡象卻一直呈昏迷狀態，張老爹一來心疼兒子遭受這種劫難，二來擔憂昂貴的醫藥費，這龐大的數額，真不是張家所能負擔的，原先兩家爭執不下的是，贊不贊成小伙子們的冥婚，事到如今，焦點全著落在張昇身上，大家都期望他能醒過來，只要能活下來，其他的都得商量。

竇老爺夫婦倆，也知道張家的境況，所以非常誠懇的告訴張大媽說道：不管這冥陽之緣能不能成全，竇家只管認了張昇為女婿，醫療費用不必擔心，咱們總能負擔得起，只盼小伙子能轉活過來就是了。

其實張大媽與老爹早在幾天前，聽了那位女居士轉述的一番話之後，倆老心中早有個譜，竟也認清事實，心想，或許成就這段冥緣才是對的，就當夜，院方緊急告知張家，張昇的生命跡象轉弱，要不要再做電擊處理，或是拔管辦理出院。

這晴天霹靂的噩耗令眾人不知所措，但當此時，看張大媽反倒顯得冷靜異常，只見她靠近張昇，對著他說：你這不肖的啥東西，就為了情，放下爹娘，你這像是個啥樣子？咱倆老這就當面說了，只要你轉活過來，大家為證，就成全了你這段冥緣吧。

嘿！這事兒就玄了，只管張大媽這話一轉落，生命跡象儀馬上又有了反應，又開始動了起來，二話不說，馬上進行電擊急救手術，折騰了約莫半個小時，情況有了轉折，生命跡象轉強，心跳、呼吸功能也轉強，眾人無不捏把冷汗，盼著奇蹟出現，就這麼說著、盼著，第二天下午，病房裡傳來張大媽喊著張老爹說道：醒了，醒了，小伙子轉活回來了，這話頭響得，令在加護病房外的眾人眼睛為之一亮，全聚攏過來，等著入加護病房探望張昇這小伙子。

後記

張昇果真在閻王老爺府中作客，溜轉了一圈這才回魂過來，張大媽說的倒也是真話，答允了這門冥婚，兩家按著家鄉冥婚禮法擇日完成了這段姻緣，張宅僱禮車一輛、貨車一輛，擇時午夜，由禮車帶路，貨車載著紙紮八人大轎，迎親人馬及聘禮三大箱，新郎口袋裝著竇家給的彩頭紅包袋，胸前襯朵紅底白花，拜見女方雙親正式上門迎親，迎回瑞瑤牌位。

而竇家這邊，嫁妝則堅持不用紙紮，完全要來真的，有瑞瑤新嫁衣十二套、金飾套盒男女一對、見婆禮三箱、瑞瑤從小到大的相簿十來本、最後未明見的另有新人宅院一座，他張昇永遠為竇家女婿，若生育第二口為男丁，立姓為竇，日後繼承竇家產業，這竇家的出手，倒讓旁人羨煞了張昇這小伙子，說他是撿到了天掉下來的富貴了。

這張昇倒也爭氣，靠著自己的勞力，打底層苦幹，紮紮實實地，最後也自立門戶，在省城創了清潔公司，業務除了貨櫃清理之外，還多了公司行號的清潔打理工作。這四年的婚期內，張昇果然不論婚嫁，過的也猶如新婚一般的喜悅，這玄的事倒也真的不少，張老爹倆老真常見張昇對著瑞瑤的相本，口中叨叨唸唸的，要不就自個兒的傻笑，或是夜裡常傳來聽似夫妻之間恩愛或嬉鬧的言詞。

一晃眼，四年冥緣之期將至，在其前時，瑞瑤便在夢中告知張昇，他會在省城撞見一姑娘家，此人便是其正娶，果不其然，年許，張昇在省城裡的路上撞翻了一位姑娘家；這姑娘倒還先開口詢問張昇是否便是姓張，這樁婚姻看似冥冥之中早已有人牽線，這姑娘嫁過張家之後一年內，對瑞瑤的牌位仍必須服伺，以姐姐相稱，晨齋、供香、早晚洗臉水樣樣皆照禮數來，隔年臘月，張昇家中添得男丁一員，其貌不似正娶，反倒像瑞瑤一般模樣，像一個版模子刻製出來的一般，張昇共生得二男一女，老大及老三為男丁，么兒則如議約改姓為竇，成為竇家繼承人。

貳、老茄外傳

一

老茄正值壯盛之年，人不高，外表倒長的精壯結實，一點都不皺巴，之所以被叫老茄，說來有點好笑，全拜他那精悍的老婆大人所賜，話說有一天，茄嫂跟她那一圈三姑六婆圍在一起摸八圈，突然馬大嫂虧損茄嫂說了：「看妳整天春風滿面的，臉上怎地就掛上一付黑墨圈，是不是被精壯老公夜夜春風得意給搞出來的傑作呀！」嘿，這話不說倒好，這一說，茄嫂一把火就上來了，立馬說；我呸，就憑他那一點小胚子能餵飽誰了，你們大家別看他一副身子骨的精壯樣，他那話兒怎地就是一條爛茄子樣，不中看更甭說要衝鋒征戰用了，這衝鋒上陣談不上也罷，犯癮時倒總是在口子外磨磨蹭蹭的老半天，白費力氣裝裝樣子可以，有時還得要靠老娘用手一把一把揪磨揪磨給強擠出來的，倒頭來得不到半點好處，老娘這一把手的腥羶倒是不少，若不是守著婦道，俺早把他給踹出門了……還有一些粗俗閒話不在細提了，話就這麼一說，哇靠，不得了，沒幾天鐘進壯先生於是就變老茄了，這外號就莫名其妙給叫上了。

二

這一天，老茄懷裡兜著一件寶物似的東西，極鬼祟的閃進屋裡。怕被人瞧見，尤其是他家人。關上房門，老茄慎重的思考，努力的搜尋房裡面每個最隱密的角落，終於，目光定在衣櫃下角的小抽屜，這下老茄露出了極詭異的笑，翻開置物箱的衣物下層摸出了密櫃的鑰匙，打開密櫃，拿出懷裡兜著的寶物要藏進去，但這密櫃打開的一霎那呀，這老茄傻眼了，呆不隆咚的癱在床沿，怎麼著，比對他懷裡兜著的人工大老二，這密櫃裡的傢伙顯然比他的配備齊全多了，跳蛋、電動舌、大中小軟棒、旋轉軟棍一應俱全，終於，這老茄的男性自尊被徹底摧毀了，打這一天開始，老茄顯得更老茄，走路時背駝了，氣也短了，接下來他要思考的是，該不該讓他的老婆大人知道，其實他已經發現了這些情趣道具，或許他該試著坦然的跟她老婆一起玩這些道具，彌補老婆長期以來生理需求的不滿了，但被動與發現使得他不知道如何開始，總有一道牆阻隔著，或許，該說是男性的卑微自尊做祟吧！

三

老茄是一個好客人，這是花街柳巷眾妓女們一致推崇的，因為老茄買魚買肉，就算打死他，他也一定要殺價，殺他個三塊五毛也好，這時候他會說了：一個人呀賺一塊錢不厲害，能存一塊錢才是功夫。可一鑽進花街柳巷叫雞的時候，老茄絕不跟雞殺價，大夥兒們都知道，這老茄叫雞也只能過過乾癮消消火而已，並沒有多大實質上的利益，只要這隻雞呀，能盡職的裝個音效，讓他摸兩把外加吸幾口奶瓶子，這老茄就自動繳械了，也就是說，一節四十分鐘，打老茄一進窯子計時開始，前洗後洗外加穿衣服得前前後後不到十分鐘，錢入雞口袋，也就是說這雞呀，外賺三十分鐘加小費半節，這還能不算是個好客戶嗎？於是老茄在花街柳巷是特別受歡迎及愛載的，像昨天這位茄大爺光顧了一個叫小紅的細妞，這妞呀稱讚老茄耐看，特別有男人味，所以老茄今天手裡又拎著一盒雞精，一個上好的鐲子，送到了窯子給了昨天光顧過的小紅姑娘，東西一到，當著眾雞及老鴇面前，這老小子還體貼的叮嚀小紅說：我說妳幹這行的，身子會虛，要多補補元氣，這些給妳，喝完了大哥哥再給妳送過來。我說這老茄呀啥時又變成大哥哥了，我這是，哎，看的是眾雞啞口無言，這老鴇是目瞪口呆了好一會兒，才說道：咱一輩子做雞頭什麼世面沒見過，但這做雞的也能做到讓人家登門送禮來的，這倒還是頭一遭，這算是哪門子的人情世道呀？不過話說回來，老實講，遞小費外加送禮的這勾當，對老茄來講也不是頭一回了，小紅這細妞當然也不是他送禮的頭一個，只是茄嫂不知道而已，這你能說老茄不是個好客人嗎？

四

老茄自殺了，這是昨天的事，這回他是吃了秤鉈鐵了心，完全跟自己槓上了，所以那天他非常努力的死，可謂盡忠職守，至死方休，搞得是轟轟烈烈的。

差不多清晨四點多，天還矇矇亮，老茄就溜下床騎上鐵馬出門去了，溜轉到海邊，沿著防波堤一路走到底，一股鳥氣往上衝，就噗通一聲往大海裡頭跳下去，落水後嗆了幾口鹽水，他這才想起自己是個海軍出身的，如此死法不大光彩，於是就一路往回游，爬上岸來，懊惱自己死前也不好好想一想怎麼個死法。

耐著性子挨到中午，死意堅強的氣魄又給提了上來，於是在市區四處溜轉，好不容易相中了一棟豪華氣派的辦公大樓，這一回老茄顯得小心謹慎了，偷偷摸摸的溜進了大樓，為了避開大樓監視器，像做賊似的，老茄於是按著樓層一層一層的往上爬，摸到頂樓，忽然背後么喝一聲，害老茄摔了一跤，圍來了四個保全，該問的都問了，但老茄還是說不出一個所以然，於是這回被當成是個賊，讓四個保全人員給攆出大樓外了。

終於，老茄學乖了，索性回家開車，買了一包炭木，學人要來個燒炭自殺，電視上不都是這樣演的嗎？繞了兩個多小時，終於找到了一個人跡不到的僻靜山林，關上車門點上了炭火，落下最後一滴英雄淚，就在車上靜待上帝寵召。

就在昏沉的時候，肚子一陣翻攪，差一點拉出屎來，迫於事態緊急，打開車門一溜煙的衝到林裡解放去，待回到停車處，這下傻眼了，沒殺死自己倒是把自己的車給燒了。

糊弄了一天，搞了一身狼狽，心灰意懶，回程路上被鄰村的馬大叔發現載了回去，套問之下才知道，原來老茄是為了被坑錢而尋死去的，偏巧馬大嬸是個大嗓門，這事隔天就傳到了茄大嫂的耳朵裡去了，傍晚時分，茄家傳來一陣陣的咒罵聲：你個死東西，連找死都這麼窩囊，我看閻王老爺子都嫌你到那邊累贅呢。

這馬大嬸倒也好心，出來緩緩氣氛，對茄嫂說：你就甭怪了，他已經那麼努力的去死了，這死不成也不能全怪他，至於錢被坑的事，我叫咱家老鬼套問套問他，再想想法子就是了嘛，茄嫂把門一摔，碰的一聲，這一天過去了。

五

村落裡現在沸沸揚揚的，老茄自殺的事算是鬧大了，自從馬大叔身負套問老茄如何被坑錢一事的重責大任之後，可以說是馬不停蹄，日夜不敢懈怠，花了好幾瓶老酒的本錢，這一天老茄真的是醉了，忽然提到：我戀愛了，老茄親口說的，但又失戀了，這是他臉上寫的。

劇本是拼拼湊湊的，但總算是弄出了一個大綱，原來，前一陣子老茄常往推拿按摩坊鑽，認識了一個來自越南叫紅幸的細妞，皮膚細嫩，臉蛋可愛，才二十出頭，老茄一看上，幾乎天天往坊裡報到，全買她的鐘點，有時候買下來卿卿我我講點肉麻話聊聊天，有時候是摸兩把摟著睡個小覺，花錢花成了個冤大頭，這算是小鼻子小糊事兒的一樁，甭提。

大大詭異的是，老茄跟細妞提說：我是個有老婆的男人，正經的說，應該是老男人，咱們年紀又差了一倍多有找，這妳可願意當我在外面養的女人？這細妞嫁過來沒多久也才剛離婚，她跟老茄說了：我在這場所上班，難得遇上你這麼一個有情趣又細心又體貼的男人，就算不求名分，一輩子永遠做你外面藏的女人我都樂意。

這麼著一句話，一拍即合，所以過不久，老茄幫這細妞在外租房子，瞞著茄嫂築香巢，話不打住，這一下細妞說：鄉下老家被風吹垮了，沒錢修，老茄二話不說，捧上二百多萬白花花的銀子，供細妞回家修屋光宗耀祖，沒多久，細妞又說了：不想永遠幹這低三下四的工作，做點生意營生才牢靠，於是老茄又捧出銀兩，幫她開了間音樂咖啡酒吧。

又沒多久，酒吧盤讓給別人，細妞也跟年輕男人跑了。終於馬大叔搞懂了，茄嫂弄懂了，大家都懂了。馬大叔正經的對老茄說了：咱不見人家坑矇你的錢，倒是你捧著不少白花花的銀子送人花用，這錢沒了，女人跑了，沒事兒你又學著人家鬧自殺，不等於被人搶了媳婦，還到處敲鑼四處嚷嚷嗎，這下老茄終於也懂了，但我看明天要換茄嫂鬧自殺了。

六

這一天龍山小鎮發生了一件大事，照嬸家的大頭娶親了，照大夥兒說的：這算哪門子的大事呀，算！怎麼能不算？至少大頭的叔伯姨嬸輩們都是這麼認為的。

按理說，這大頭的體格、臉蛋是不差，只是有一點渾，從小頂著一頭蓬鬆的大捲毛，流淌著一把鼻涕，不多不少，就這麼一把，滴不溜丟的，劃不過嘴緣，也吸不回鼻孔，有時這手揩著袖口往上一擦，再往左上一捺，這算清潔完工了，但不多不少每回總是會留下一漬擦痕，這一鉤的黑線條，倒像是鍾馗老爺的粗鬍子。

話說這大頭雖然是渾了一點，不過這青少年的情愫倒也是有的，手裡常捏著一些女明星的劇照，四處唬弄人家，說照片是他女朋友的，這四下街坊倒也見怪不怪，早習慣了他那一點小本事。

話又說回來，咱們茄大爺之前不是跟一個越南細妞在外築香巢，搭上了嗎，就這麼一回事，順風船給駛過來了，這細妞有一位姨家表親，論輩分細妞還叫她阿姨的，她一直想嫁出越南，就是苦等不著機會，那一天細妞跟老茄順口提了這麼一回事，於是老茄打著心眼，主意落在他外甥，也就是這大頭身上了，這樁姻緣就這麼給牽上了。

大頭娶親這一天，村落裡可熱鬧了，叔叔、伯伯、姨媽、嬸婆的，一大早就趕來了龍山這小鎮，大夥看著熱鬧，照實說也有看著笑話的。

坐了四個多小時的飛機，拐了兩個多小時的車程，終於，大頭把這越南媳婦給娶回來了，這鞭砲聲劈哩啪啦一響，大夥兒圍了上來，大家一看，噢，乖乖不得了，大頭賺到了，娶了這麼一個出落標緻的細姑娘，大家品頭論足的，像是在評論一件藝術品似的議論紛紛，大頭倒也像光宗耀祖似的笑得合不攏嘴，風風光光的。

這婚事一落，回歸寧靜的鄉下生活，偶爾一些鄉親們會開開玩笑的對這越南新娘說：阿阮呀，晚上有沒有叫大頭親親抱抱呀，弄的這鄉下姑娘家一臉紅通通的，倒也開心。

不過自老茄鬧自殺這回事弄清楚了之後，親友們沒有一個不替大頭操心的，深怕到後來也弄得跟老茄一個樣，不過幾年過去了，大頭非但沒事，這越南細妞還是乖乖的跟著大頭做農事，要不，幫忙打打粗工，乖巧懂事，一家過得倒是幸福，也添了一對兒女，生的是活潑可愛，聰明伶俐的討人喜歡，一點都不大頭。

七

這年頭當王八不稀奇，拿錢搶著當王八這才叫拿蹺，常年的窯場征戰經驗，咱茄大爺成了各大雞場的大戶，於是你可以常常見著咱們茄老大在賣場裡逛著，這左一包右一包的，真是個現代的好男人對吧，大夥兒是不是這麼想的，但告訴各位，這想法全都偏著了。

咱茄大爺這大包小包的全是拎到雞場裡頭養雞的，今兒個紅燒牛肉、白斬雞、明兒個白酒悶蝦、三杯雞，頓頓豐盛顯擺得很。

話又說回來了，在雞場裡親自下廚還撈個好處，一來眾窯姐又是擦汗又是稱讚的，左一個叫老公，右一個叫親愛的，這不叫爽咱叫啥呢？

咱們都知道，老茄這個老東西風流倜儻，瀟灑體貼，這都是他自個兒說的，可不是俺說的，大夥可別嘿我，於是乎每家窯店都有一個她相好的，挨句套詞，現代年輕人的說法就是說他女朋友，或者說是他女人。

料理套費。燒煮功夫不說，這酒足飯飽還得買時包場，這一包呀，跟他女人又是磨磨挨挨的幾個小時，這得花多少銀子呀？俺才疏學淺算不出來，看大夥裡哪個有能耐的倒是可以幫大夥兒算一算。

酥爽完事沒勁兒了，不打緊，咱茄老大就當自個兒雞場，嘿！他老；倒也做起雞頭跑起堂子來了，無論是接待上門眾客、安排窯姐樣樣精通，駕輕就熟的，這能不說是天分嗎？他不去開個雞場倒也真是白白糟蹋了一個好人才了，怎麼，大夥兒是不是該給咱們茄大爺按個讚呢？輪到他女人上場嘛，這還得給上他女人的男人送茶遞咖啡的，女人上陣前仍不忘體貼的加油打氣，給這雞補上這麼一句：別太累了，待買賣完了，這謝謝光臨、歡迎下次再來，還得掛在嘴邊迎著笑臉送客，咱們說說，這啥是啥呀？這才叫花銀子當王八呢，十足的顯擺哪，跩得很呢！大夥能有這份功力嗎？啥叫王八？這才叫大王八呢！我說服了吧？各位。

八

今兒個咱老茄特別精神，穿個短襯休閒衣、打折紋牛仔褲，臉上掛付名牌墨鏡，我說老鬼不穿衣，趕猴的倒是一身衣裳套下來了，倒也人模人樣，至少年輕個二十歲，不是俺打糊摻話，真是不假，要不，趕明兒個叫老茄穿給大夥看看，包準各位認不出是咱們茄兄來，言歸正傳，咱老茄說了：他今天要參加一個聯誼會，就這麼一說，其他的他老兄就再也不透風了。

這阿魁呀，大家知道的，大喇叭一個，他挺好奇的，於是今兒個決定跟老茄賣傻，偷偷的跟監去了，咱不知道，今天茄老是寶馬代步，這還真苦了阿魁這蠢豬，哪靠著一部破機車就能套著人家，不過話說回來。這阿魁倒也不是個省油的燈，今兒個真是讓他給套準了。

話說茄兒一路奔竄，九彎十八拐的，在一處店家門前停下來，招牌上掛著越樂美容坊的，店門口前一路停滿了十幾輛各式各款的轎車、跑車，排排停的佔滿了整條路的店家門口，說有多誇張就有多誇張。

每輛車載的清一色都是越籍女子，也有帶小孩的跟著丈夫的，熱鬧的一股勁倒也不輸廟會的車陣。

我說咱阿魁這一看，絕對是傻不愣登的昏了頭，眼看車子一路出發，阿魁只管認準了老茄的寶馬，九彎十八拐的終於拐進了一家農場，各車的人馬打開了車廂提出了貨，不就是飲料、蝦子、雞、肉、蛋的，零零總總的一大把，乖乖我的媽呀，不就是個烤肉聯誼嘛，正當的活動，他奶奶的，死茄子搞得神神祕祕的，害的咱阿魁頂著大太陽，汗流浹背的拼上老命挨到這兒，大夥說冤不冤哪這阿魁。

不過話不打住，這事兒還沒了，咱阿魁心想，來都來了，橫死豎死得倒不如死巴著老茄搞頓吃的，也算撈點本，於是大方的走進農場，認了茄兒，套了近乎，盯著老茄身旁的細妞瞧，見那女子搶著老茄的頭兒，指著老茄對咱阿魁講：這是我老公。

我的媽咪呀！乖乖的隆叮咚，咱茄嫂啥時變越南人也變成細妞了，阿魁差點沒把含在嘴裡的雞腿給噴了出來。

說時遲那時快的，咱老茄肘子套上阿魁的脖子，低聲威嚇的對阿魁說道：你老小子吃嘛就多吃點，其他的說法就順道給吞了，知道不？

大家也知道其實阿魁罩子也並不是那麼瞎的人，男人嘛，互相掩護一下總是應該的，不是嗎？於是點了頭，閒人般的大啖他的料理，一路吃下來，是吃得夠撐也夠本了，但還沒回家也就吐光了。

隔天阿魁青脹著死人臉，對大夥兒說了。這東西好吃，可配上現場的交際對話呀，可就反胃了。

原來呀；聯誼會上，男人的身分有男朋友的、親愛的、老公的，各式各樣的全都是虛虛實實的，也有帶兒女一起的，反正到底弄不出一個真假來，這群騷窯子的男人呀，不但經熟對方的女伴，而且還互相捧場，於是乎，在相互介紹時，一些哎呀，久仰久仰，你老婆的腰力十足呀！哎呀，敬佩敬佩，能買到你女朋友的鐘點，真是享受呀！哎呀，下次我一定要再去找你老婆互動一下呀，哎呀，歡迎歡迎，互相捧場應該的應該的。於是聽到最後，咱阿魁吃的東西就全吐光了，天呀；這是啥世道了呀。

九

老茄這會兒死定了，這話不是俺說的，是從花街柳巷的眾姊妹口裡流傳出來的，大夥兒是說得活靈活現的，而且有老鴇作證，於是乎，這說服力可就更大了。

話是這麼傳的，大夥都知道老茄這個不是東西的老東西，別的長處沒有，就專愛勾搭騷窯子及良家婦女，可這會兒老茄可算是陰溝裡翻船，給撐大了。

事情的來龍去脈是這麼來著的，這一天老茄閒著溜晃，嘿！挖到寶似的發現了一個銷魂的好去處，才剛開幕，這鞭炮過後的殘屑還熱著呢，這尋色疏財的事，就算天塌下來，老茄肯定也是先做了再說，可以說是義不容辭而且是絕對當仁不讓的，就這麼著，老茄成了這一家新店的頭一號貴客。

這話也不用多說，老茄有多大的本事各位是知道的，咱也不能不給人留點面子，否則就太酸了，大夥兒說是不是？咱們言歸正傳，這事的起頭是這樣的，老茄那一天在新店裡就認識了一個叫曉鳳的細妞，大手筆的打賞闊大爺的出手，這細妞當然是一口親愛的一口帥哥哥的掛在嘴上了，臨走前這細妞煞有其事的對咱們老茄說，你這麼帥又這麼體貼的男人一定要介紹個親姐姐與你認識不可，說著說著就把一個電話號碼塞給了茄哥哥，再補上一句，只要你打電話給她，保證一定能討你歡心，這下真把老茄的魂給拘走了。

這一夜真難熬，真箇等不及太陽冒出頭，他老人家就真把電話給打了，接下來的細處咱們刷刷刷的跳過，從吃完消夜走進旅店裡講起吧。

大夥兒想必也知道，這天掉下來的禮物老茄怎就能隨便怠慢了人家一個大美人的，可大夥兒沒忘了咱們老茄的本事吧，脫衣辦事加外洗的前後也只要十分鐘，可是今天時間比較長，因為臨時加了一些戲碼，也就剛完事的那一刻鐘剛響，房門趴的一聲，竄進六個大漢，罩頭就是一頓毒打，鼻青臉腫外加流鼻血是少不了，只差沒屁滾尿流而已，一陣雷雨之後，對方一口咬定老茄上了人家的老婆，愣是要價三百萬元了事，否則，不知說什麼的，總之老茄是一下子暈癱過去了。

就這老掉牙的仙人跳戲碼，還真能釣上咱們茄大爺，可神了，聽說這錢事未了，老茄找朋友調錢調的緊呼的，咱在這偷偷的告訴大夥兒，與他細熟的趕點閃，要不，讓他找上借錢了可推不了。

十

粽子今天沒事，悠悠轉轉的，一路悠晃，不知不覺就拐進了老茄家的前院，眼前看著一中年人的背影，就覺眼熟，但身上就透著一股鬱鬱悶悶的氣兒罩著，卻又說不出這人是誰，待轉角度一看，噯呦呦；不得了！這不是咱茄兄嗎？怎地落得這副老人家的德行了呀，於是咱粽子兄便酸著醋杯子，滴溜著咱老茄說：茄兄好有閒情呀，一大早就修剪花花草草，不轉溜到外頭拈花惹草了呀？

話說咱老茄打自被人仙人跳之後，一肚子鳥氣正愁沒處發，這粽子自個兒倒打上門來了，大夥沒看見當時老茄眼裡透出的一股殺氣，真箇是戰鬥力開到了一百，哼著鼻子道：老子閒來沒事在這兒拈花蒔草的，沒礙著你這大喇叭爛熟的粽子吧。

俺忘了告訴大夥兒，說起酸人的本事，粽子可是前輩中的前輩，菁英中的菁英，這氣炸的老茄似乎給忘了，所以這話一杵到，著，戰火就這麼給點燃了。

咱粽子兄倒也鎮定，來個以柔克剛，好聲好氣的接道：喲；蒔草呀？這蒔字讓有學問的人說著是文雅，但要由你茄兄口裡迸出這個字來，就是個噁心，他媽的跩文。你他奶奶個熊，還蒔草呢，說你拈花惹草倒也抬舉你了。

想必大夥兒知道，這話一落下，咱茄兒一定掀桌子甩椅子得跟咱粽子兒沒完沒了，但俺告訴大夥一件怪事，老茄被酸了，非但沒對咱粽子轟砲，相反的，整個人萎頓了下來，癱坐在椅子上，一把鼻涕一把眼淚的說道：你們大夥就笑吧，儘管衝著我來，反正我老婆跑了，孩子散了，家裡就落著我一個人來著，死了倒也清閒。

咱粽子嘴巴是毒了些，但說真格的，心眼倒是不差，於是乎，坐下來，拉著咱茄兒探問個究竟，終於明白了，這陣子，茄嫂為了替茄兒擦著女人的屁股債，錢散了不少，長期下來，攪得公司周轉也不靈活了，於是乎，收拾行李逕自回府城娘家去了，至於一對兒女，見自個兒老爸長年累月以來，惹下的這些渾事爛帳，也乾脆在外地工作，再也不回來了。

終於，粽子明白了大事的底，俺明白了、大夥也明白了，我說：咱們一起勸勸老茄吧，不就這麼一回事兒，改邪歸正，自立自強，套句老茄對咱們粽子說的；你們茄嫂這臭婆娘，等他騷婆子，耐不住幾天，肯定就回來了。

大夥兒，後面這幾句是祕密，千萬不能透風讓咱茄嫂聽到，否則咱茄兒馬上就要變爛茄子了。

十一

老茄這個風流倜儻的老東西，在那件仙人跳事件上，被人打的鼻青臉腫的，成了一條凹凹凸凸的老茄子，這件事大夥兒都知道的。

這一天，老茄一個人在街上溜達著，轉著轉著，拐進了西家小巷，這死性未改的老東西，整個人又精神了起來，心裡頭搔搔癢癢的正要鑽進雞窯裡去，找他心愛的小紅，這時遲那時快，胡同裡不知哪兒冒出一個擺攤算命的，一把拉住咱茄兒，瞧著瞧著，對咱老茄說；這位仁兄且慢，你老這陣子有血光之災，犯的是奪命桃花，不得不小心哪。

老茄心想，看我這副衰相，怪怪你個算命的，真他媽的神準哪，茄兒這會兒當下信了八分，算命的再說了：你老兄命中桃花旺，本該三妻四妾女人圍繞四周才是，怎地偏偏五行不調，犯沖，所以沖走正緣，犯來的不是要錢就是要命的。這話一出，茄兒更是點頭如搗蒜，立馬又加信了十分，於是坐下來，對這位高人說道：請問有改的餘地嗎？真能為我帶來正桃花嗎？，嘿；這不是東西的老東西，當真還做他的桃花大夢來了。

那算命的，微閉雙眼，掐著神指替老茄這麼一算，著；有譜，這麼著，我可透露點讓你老知曉，但我必須替你擋著洩漏天機的這一道，如果你能付得布施的供養金，我冒死也得給你出個法子。

大夥兒打以前就知道的，為了女人呀，這茄兒多少銀子他都砸的下，於是咱們茄兒翻起皮夾，掏出銀兩，猴急的催著算命的，給；就這些，於是算命的要老茄靠攏一些，就這麼著，兩人嘰哩咕嚕了一陣，散了場，收了攤，閒雜等話俺也不細說了。

只是打那隔天起，街坊鄰居們就時常看見一個人，穿著打折西裝褲、套著唐裝、頭戴圓頂高帽、配著一副黑墨鏡、手杵著紫檀拐棍的中年老男子，昂昂挺挺的在街上溜晃。

沒錯；大夥兒猜對了，這位中年老男子，正是咱們茄兒，他穿成這副德行，是為了四處招桃花，專心找他的夕陽之戀的。

十二

大約是一年前的事兒了吧，就某天的一個下午，我跟阿魁駕著那輛破舊的小綿羊，就咱哥倆，在街上悠晃悠晃的逛了老半天，可就這一會兒念頭的，我想，不是悶昏了頭，不就是著魔了吧，該這麼說。

這一輛老破車就嘟弄嘟弄著朝老茄家門口晃蕩了過去，一到老茄家，就這麼一眨眼，怪怪！不得了，不知道是有志一同還是臭味相投，說真格的，這形容詞我倒真是不會用了。

這時間就是這麼巧，一同來到的還有老竇、費老、牛腿及賤咖、加上老茄夫婦倆本家，一共有七個老怪咖。

還好老茄家院子口大，擺上一桌倒還空曠的很，巧的是，茄嫂昨晚摸八圈，小贏了一場，今兒個心情特好，非但不趕客，還愣是替大夥兒擺上了一桌家鄉菜，豆豉蔥爆牛柳、川炒雞丁、蒜酒悶鍜、醋溜紅燒魚頭、滷牛腱及酸辣白菜湯，外加白酒三瓶，真箇是熱呼呼的矇了一頓，吃香的喝辣的，過癮。

以上都算是渾話，正事要在大夥兒酒酣耳熱之際才開始，首先老茄跟我乾了一杯，酒一過喉，他說了：村兄，看看你在城市，都幾十年了，人不人鬼不鬼的，就沒摻點銀子的酸臭味，都這把年紀了還混成這模樣，依我看哪，你就別混了，找個幽靜的地方躲起來，省的現世。

嘿；他這一嘎話，我真火了，心裡想，這仁兄今兒個是橫著桿棍賭巷口，存心跟我過不去了。

這天底下的事，孰可忍孰不可忍，大夥兒說是不是？於是啪一聲，落下筷子，當下咱指著老茄的鼻子酸他，咱說道；全天下就你最不是個東西的老東西了，要不是咱茄嫂能幹，養你罩你，就你那麼一點小把戲呀，早就餓死街頭了，還真自以為是瀟灑哥了。

大夥兒看情勢不對，立馬舉杯緩頰，老竇對老茄說了：大夥兄弟一場，喝酒不論成就，你這話說的是有點酸了。倒是阿魁，看笑話似的說了：就我說，咱們誰也甭說誰了，就一窩，個個都不是個東西，大夥兒都白混了，就這麼了了，總行了吧。

這氣氛算是緩下來了，可這老茄又有意見了，他說：村兄，就因為咱們大夥兒是兄弟，這才敢直言對你說的，要不，就從我自個兒說起吧。在城市瞎忙了幾十年，不也就只掙得一個破房子，存幾個夠買酒的銅板而已，老竇呢，混到老婆跑了，兒子也沒啦，瞎忙一場，阿魁這東西也好不到哪兒去，牛腿及賤咖更不用說了，總之，一竿人全被他打翻了，也弄糗了，大夥兒想想，其實老茄說的也不盡是酸話，於是這酒好好的一頓卻變悶酒了。大夥兒回首過去，看看現今，越說越氣短，酒則越喝越帶勁，這勁一發不可收拾，各個說的是痛哭流涕，慷慨激昂、義憤填膺、是當仁不讓、像現在一樣鬼話連篇，於是大夥兒一致通過，每個人找個地方隱居算了，省的在城市裡庸庸碌碌的，不知為何而忙。

翻翻翻，省過一大堆酒話不提，大夥兒歷經了一年的奔波與籌備，答案揭曉了，這就跟大夥報告一下：

俺，也就是我本人，自我放逐，離鄉三百里，到一個可以看日出日落的山上，買了一間小房，也準備在山上種咖啡，但自打山上看了一條比我手肘還粗的蛇之後，這山坡野地的我再也不敢去了，所以咖啡至今沒種上，連上網連線也困難了，至於其他的人，老竇，他老人家窩到南方的一個小島養魚去了，阿魁跑到了山東，費老人在雲南、牛腿在東部山上養土雞、賤咖帶著老婆移民到漁村看夕陽。

自我放逐的人起先大夥兒都不說，初時，這生活挺鮮的，也挺閒的，可這日子久了，耐不住寂寞了，想念城市的車水馬龍排煙味，燈紅酒綠的胭脂味了，就這麼著，大夥兒各自都偷偷的回過幾趟城市，也就發現了一個祕密，這老茄還是老茄，每天仍照著他的老步調走，燈紅酒綠的，散步於胭脂粉味中，於是大夥兒明白了，哇靠，這不是東西的東西，死茄子，爛茄子，我們都被他糊弄了，大夥兒說吧，這冤不冤。

十三

這幾天老竇回城裡辦事，順道去了老茄家一趟，一連走了好幾回，茄家大門總是深鎖著，院子裡荒涼涼的，一點人氣都沒有，悶得幾乎有些邪門，臨上飛機得前一天晚上，這懸著一顆心的老竇又專程走了一趟，按理說，老茄這老東西家裡不該是這種氣氛的，至少老竇打心裡是這麼想。

總算，挨著門，這老竇瞄見了茄嫂的身影，一連喊了好幾聲，才見這茄嫂一臉黑綠眼眶，愁著臉走出來，細問之下才知道咱們茄兒生病了，一個精壯近八十幾公斤的大漢，一個月不到，瘦的剩不到四十六公斤，整天恍神，憂憂惚惚的，忽冷忽熱、時而喘不上氣，時而犯頭暈嘔吐，要不就來個心悸或心律不整，啥地的玩意都犯上，整體的健康檢查也全翻透了，就是捉不出一個啥病症，就今兒個，還躺在醫院，喘著氣犯著暈。

茄嫂真是犯急了，該求的神，該占的卜，也全兜上了，整個就是戰鼓上綁青蛙，沒譜。這老竇一聽也犯傻了，嘀咕著，溜上了嘴：這茄兒一向健壯，該不是衝撞了女鬼，犯邪了吧？茄嫂這一聽不得了，當真了，二話不說，趕明兒個就找來了個道士辦了場法事，可咱茄兒仍還躺在醫院裡，有一喘沒一喘的掛著。

老竇看著看著，倒也跟著喘不上氣了，臨上飛機前只好對咱們茄老說道：茄兄；你這打不死的蟑螂，你一定要撐住，趕明兒個我叫大夥來跟你沖沖喜，興許你這就好了可說不定。

沒幾天的功夫，一票好友倒也夠仗義，一個不缺，死黨全到齊了。不過大夥兒這回要探望老茄，卻要到精神療養院才看的到他了，因為在精神科醫生的會診之下，宣告老茄得的是重度焦慮併發憂鬱症，哎！大夥兒一聽全犯傻了，多精壯樂活的一個人呀，怎地就得了這種讓人連想都想不到的病。

大夥兒站在療養院的護欄外，看著昔日鬥嘴的伴兒，倏忽才幾年的時間，一晃眼，當真是老茄了，不僅是老，而是非常的老，望著好友，一會兒對天而笑、一會兒對地而嚎、指天罵地的，看的是；總之，不是我一個人說的，大夥兒全看不下去了，個個眼角全淌著淚，面對茄嫂也不知道該說甚麼了，興許大夥兒不在場不能瞭解這等情境的痛，可俺當真是揪著心對大夥兒說句話，看到這情景，當真心裡真是好痛呀！

十四

前幾天大夥兒接到了茄嫂的電話邀約，要咱們無論如何都能撥個空，回城裡老家陪老茄聚一聚，說是他茄兄想咱們這群酒肉朋友想的緊，要大夥兒回去好好的吃喝一頓。

想想也是，打老茄病情獲得控制之後，回家休養，真有一段時間沒齊聚一堂了，總是零零落落的揪不到一團，這回可好，茄嫂親口邀約，美食美酒當前，又不必遭白眼，真他媽的，犯賤的才不去，大夥兒說是不是？

這話說回來，咱們茄嫂打自跟了茄兄，一輩子辛苦也真夠她撐的了，拉拔孩子，照顧事業替咱茄兄擦些沒屁眼的風流債，實在話說的，咱們私底下倒真服了她的。這好樣的女人，俗話說的：夫妻情深總在危難之處才顯現得出來，咱們老茄犯病時，茄嫂仍能不離不棄的攤出手來，拉著丈夫走，就這點，俺在此不得不說一句話：茄嫂，咱們大夥兒兄弟愛死妳了。

大夥兒約好一起上老茄家，手裡自然不能兩手空空吧，於是，有人帶人蔘、燕窩、雞精、大力丸、還夾了一瓶窖陳老酒，這一天鬧呼呼的，樂活得挺熱鬧，好酒好菜、家鄉料理，茄嫂一手全包了。

酒食間，老茄逐一敬了大夥兒一杯，精神旺盛，只是身體跟手抖得有點不協調，咱們茄兒總抱怨近來記憶力差，老忘事，腦筋時常無緣由的一片空白，連一點記憶也沒有，這話還沒說完，大夥兒扯開話題，玩笑的酸他：這下可好，小紅啦曉鳳啦、一些親愛的全忘光了，這是好事，說的這麼一兩句話，就把咱茄兒搪塞過去了，算是有心的引導，往好的一面想，這會兒酒足飯飽，鬧到近深夜兩點，大夥兒散了，回家的回家，回酒店的回酒店，全都回了巢歸了位。

話說到這兒，樂極生悲的事這才開始，清晨六點多，首先接到阿魁來電告知，說老茄掛了，大夥兒一咕嚕從床上跳下來，臉面沒洗的直奔老茄家去，只見茄嫂跪在地上，雙手拍著老茄，咱茄兒的書桌上擺著那瓶窖陳老酒，藥物袋上所有藥扣全開了口，桌上攤著一張紙，寫道：我追逐一生的愛情，沒碰上一個知心的，盡沾上一些認錢不認人的騷窯子大婊姊的，操他奶奶個熊，全一個樣，這世上只有老婆對我是真心的，老婆我對不起你……

大夥兒揪著心頭，淌著淚，說不出話來，心裡只有一個想法，敢情咱們茄兒把藥粒當花生米配著老酒全嗑了，沒多久，驗屍報告出來，死因打上；藥物過量致死，就這樣，老茄外傳沒了，茄嫂再也不出去串門子摸八圈了，看上去白了頭髮，老了好多，再也聽不到茄嫂的咒罵聲及摔門聲了，俺老了，想必大夥兒也老了。

參、打擂

一

神山是個窮不拉屎的小村落，落戶的大多有陳、張、趙三大姓，各位千萬別想岔了，依我說的可不是咱們張家界、陳家溝、也絕不是趙堡太極拳創始人，陳清萍所住的趙堡鎮，咱們今天提的就只是剛好這三大姓湊數比較多的地方，村人多數以農牧為主業，玉米是這地方多產的農作物，所以多數人以玉米餅及羊奶酪為主食，能喝到粥的絕對不多，也可以說壓根裡不習慣，民風純樸，地方景色漂亮，山好水甜，這是其他地方比不上的。

小村落的三大姓各分三個屯，就叫張家屯、趙家屯、陳家屯，分落三個區，這地方上的學籍同屬神山小學學區，全校包括教職員全數不超過五十人，小傢伙一上學，絕對要走半個小時以上的路程，尤其是趙家屯的小孩，這上學路程小路崎嶇不說，還得經過一個大荒塚，於是種種撞鬼的傳說是傳不盛傳，搞得每個小傢伙一途經這兒地方，大多得用跑的。

趙德保就是這地方出生的，這傢伙打一出娘胎開始，就比同年紀的小朋友矮一截，骨架瘦巴，淌著一把鼻涕，腦後杓推個大光頭，整天光著腳板子，山上山下的竄來竄去，一眼瞧上去，就一副野馬模樣，全身是黑不溜丟的曬得發亮。

鄉下的孩子別的沒有，就是野跑的空間大，大多時被大人們叫著幫忙農作，其餘時間玩的算有多瘋就有多瘋，日子當真快樂。

話得從趙德保上小學說起，學校同學們對他的印象是瘦小、黝黑，弱巴巴的好欺負，但其實趙德保的性子是又剛又烈的，就算被人打趴了地上，也絕對硬骨子氣，雙手一撐，淌著血也得給爬起來，從入學籍開始，雖然常受欺負，也絕不流一滴眼淚，尤其是那回視人家的眼神，就是一股殺氣。

鄉下就是這樣，父母忙於農耕，人手不夠時也要小孩停課到田裡幫忙，於是就有一種現象，學生常常搞失蹤，而老師則常常到家裡追著向父母要人，領著孩子回學校復學，求學從來是走走停停的，紮不紮實反倒顯得不重要了，不像城裡學校那麼要求。

在趙德保來說，上學是他的惡夢，從上學途中一路被欺負到學校，再從學校欺負到回家，就因為他瘦小，蠻幹的打也揪不贏人家，往往被按著地上搥的總是他，這些事回到家他也總不敢提，即使父母對於他身上的傷疤早起疑心，卻壓根裡不知道，這小子被欺凌的如此慘狀。

這有一回上學途中，照慣例，又是打打鬧鬧的邊往學校走，幾個使壞的學生想來點新鮮的玩法，一個高壯的同學從腰包裡掏出一根繩子，揪著趙德保一路拖拉，往荒塚裡走去，三四個孩子忙乎著，一邊栓手一邊套樹，就把這趙德保給栓在荒塚的槐樹下，連飯包連水一項都不留給他，就打算如此折騰他一整天。

話說趙德保班裡有個細妹叫瓊瓊，她是陳家屯的女孩，打一早就瞧見了這整人的壞勾當，於心不忍，就這麼一個上午惦記著這件事兒，深怕趙德保給整出人命來，於是乎，趁著午休的時間，一個人踮著腳避開那群使壞的同學，拎著飯包及水，就朝荒塚走去，到那兒時，見趙德保被緊栓的手正淌著血流，由於無法解褲帶，也尿的一褲子濕透尿騷味，小伙子怕瓊瓊見著他的窘狀，揪著身子橫轉到樹身背後，不讓瓊瓊靠近他。

越是這樣，這女孩子人家越是於心不忍，快步走近，解開趙德保手裡套著的繩子，裝沒看見地，放下飯包及水，轉過身子對趙德保說：你吃吧，回不回校你自個兒看著辦吧，這話說完，正當要走，不料卻見那群使壞的同學圍了過來

二

瓊瓊看到那群使壞的同學到來，下意識地想趕快避開，可沒想到前路就給堵上，一群肉牆擋的她纖細的身軀閃也閃不過的縫，眾人一下就把她給推到趙德保身邊，高壯個兒的那個叫陳振，斜睨著眼，露出鄙夷的笑說道：好一對患難真情的男女啊，眾人哈哈大笑附和著起鬨。

陳振走到趙德保身前說道：沒放，敢走呀你，真帶種！這話一落，甩手就一個耳刮子，轟得小伙子眼冒金星，差點兒站不住腳，瓊瓊見狀繞到趙德保身前護住，說道：你們一群人，就欺負人家一個，到底臊不臊呀你們？

眾人見一個女孩子家護著趙德保這小子，更是惱羞成怒，其中一個著短褲，頭大、微胖的小子說了：呦；趙德保你倒真夠娘的咧，還得沒帶把的護著，可真有你的，眾人又是一陣大笑，瞎起鬨的大叫：瓊瓊愛沒把子的衰保，瓊瓊是趙家的小媳婦，大家你一句他一句的瞎鬧。

這趙德保終於一把火給燒了起來，捺不住了，起身就往那胖小子身上撲過去，這兩人一起倒地揪和在一起，可那陳振就欺身過去，拉起趙德保就是一頓拳打腳踢，這會兒趙德保算是在自己暗戀的瓊瓊面前丟盡了顏彩，所以不再閃躲，完全給豁出去了，可雙掌難敵眾拳，何況是身子骨這麼弱的趙德保，終於還是給打趴在地上，但一群人仍不放過，一個個的排排站，雙腳叉開，就一條繩子拖著趙德保，往每一個人腳底下鑽過，說是玩栓狗穿洞的遊戲。

這種種的凌虐瓊瓊一一看在眼底，就是身子纖弱，怎麼哭喊推拉也護不了趙德保，說道；啥是欺人太甚？我看莫過於此，鬧也鬧夠了，玩也玩夠了，終於大家散夥離去了，留下趙德保與瓊瓊，這小女孩子家的，也無力背負的起眼下這受難的小男生，所以只好趕快跑到趙家屯，喚來趙德保的爹娘，這倆老來到荒塚，往趴在地上的兒子身上瞧過去，怒的是心中發火燒到眼睛發紅，這受辱的事件倒似一道無形的傷疤，也狠狠地烙在趙德保心中。

三

小傢伙們這下把事鬧大了，驚動了神山村落的幹事，公證人也到趙德保家中關切，聽瓊瓊把事情的經過從頭到尾說了一遍，聽的是村中長老及幹事們像醉雞一樣直甩頭，過半晌，差人把鬧事的小傢伙們給揪到村落的辦事處來，有的家長對犯事的自家孩子，直接就一踹，揪著孩子的衣領一捉，往地上一甩，就叫他們給跪下向趙家賠不是，犯事的孩子及家長皆到，就唯獨不見陳振一家人。

說起來趙家仍是心有不甘，悶著氣沒處發，村人們以為這事兒算是落幕了，可就一天，陳家差人帶著一百多塊錢來到趙家，這人氣燄可高著呢，錢往桌子上一擱，嘴裡吐著大煙圈，照面就向趙老爹發話兒，說道：錢呢；就擱在這兒，拿著讓你兒子買藥去吧，我看這事就算平了，以後就甭再提了。嘿；這說話的口氣呀，不像是賠禮，反倒像是施捨來著。

這趙老爹一把氣正愁著沒處發，待話一聽完，手往桌上的錢一把揪在掌心裡，就往來人的臉上給丟了過去，怒得倒抽一口氣，對來人說道：咱趙家雖窮，倒也不是熟爛的軟柿子，任人踐踏的，就是不吃這一套，就今兒個說開了，他陳家若不提著誠意過來，咱們就算告到省城，也跟他兜上了。

這一手倒是出乎人意料，來說項的人也一時搭不上話，只得訕訕地說道：你們這家不知好歹的，可別把事鬧僵了，準撈不到好處的，你們自個兒掂量掂量看著辦吧，來人一口氣把話說完，怕被打死在這兒，遂趕緊夾著尾巴給跑了。

果然過不了幾天的功夫，又有人找上門了，對趙老爹說道：這事兒還是給結了吧，要不；你們家承租的那幾分地，可是有多少人排著要做呢，事到如此，趙家嘔氣呀！直嘆窮人難道就活該要受氣，當晚趙德保向爹娘說出了心裡話，說他書不念了，這事就讓它過去了吧，他準備收拾行李到北京藥材市場的小胡同學藥材，這趙德保其實內心裡實在是有別處的盤算著，只是沒說罷了。

話說趙德保跟爹媽提出了要赴北京學藥材這事兒，原來趙老爹打算是要趙德保升武術學校的，一來防身強身；二來也巴望著能有個不錯的發展，或是幹個武警、或是加入武術表演隊、亦是軍職；那都是不錯的盤算，可趙德保心裡想的就不是這些，說到這兒；各位可別想偏了，原來趙德保學藥材，他只是個幌子，就為了能順利取得爹娘的同意好離鄉，這才不得已說出的謊言。

這一天，趙德保來到北京，去的不是藥材集子，他直往朋友小德子的住處去，那是木材廠的一個小宿舍，來到這兒，由小德子引薦，就住進木材廠開始他裁原木頭的工作，這活兒說有多粗重就有多粗重，但這趙德保就特意要這粗活，正可以鍛鍊他的力道及體魄，再說了，管吃管住的工錢也不少。

另一個最大原因是這木材廠附近住著一位馮師父，當地人管叫他教頭，或是殺手訓練師，原來，一般黑道或大老闆的保鑣，亦或是想打黑拳賺錢的，全由他這兒出來，保管兩年之內一定訓練出像樣的身手，可這兩年之內十個能有三個熬過去的可就不簡單了，這是小德子跟他說的。

再掀些細縫給大夥兒知道吧，原來這趙德保盤打得鐵算盤是這麼撥打的，這來到北京木材廠，藉著粗活鍛鍊自己的底子，再說要幹這活兒才有餘錢可支付束脩給馮師父跟他學搏打，也就是一般說的武術散打。

各位可又別想岔了，這趙德保練搏打可不是針對陳振的仇恨，原因倒也簡單，理由也充足，這小子就是想讓自己變強，不想再讓人打趴在地上，任人踐踏，等搏打練成了，他要到散打黑市打黑拳去，因為他聽說打黑拳有賺頭，只要實力夠，打個幾年就能掙個幾百萬的不成問題，只要有錢，家裡就能改善，再不會任人欺凌，再說了；等存夠了錢，安分的度過下半輩子也不成問題，況且還可以開館授徒，於是這主意在趙德保心中，算是老早就定了。

四

說起這個瓊瓊，家裡倒是窮，陳老爹打新婚起盼著盼著，盼到了五十出頭，家裡的窘況依舊沒啥子改變，倒給盼來個閨女，原想這下可喜了，好歹也有個根苗在，可窮人家孩子養不起呀，又陳老爹打年輕時給勞累過度了，這些年來身子骨崩垮的更厲害，幾乎整日裡躺在床上虛喘著一口氣，啥事兒都沒法幹，全仰賴陳媽做細工供一家糊口，近日來細工的活少了，陳老爹的病更重了，於是乎瓊瓊不得不停學謀出路好分擔家計。

就前一日，隔村馬大嬸捎來消息，說廣東佛山那兒有份絲綢廠女細工的活等她過去試試，當晚瓊瓊就跟爹媽定了底，說願意去謀這份差事，家裡好歹也多份收入讓爹爹養病，這話頭是拍定了，於是戲分理當是隔日即刻起程前往這廣東佛山的絲綢廠。

也就這麼著，在趙德保前往北京木材廠不多時日，瓊瓊也為著家計趕往廣東，兩人一前一後的踏出了神山這小村落。

這戲分再給拉回到趙德保在北京木材廠的這場景來，小伙子到木材廠三個月安定下來後，就登門拜訪馮師父懇請馮師父納他為徒，這老師父身材削瘦但目光犀利，透著如鷹一般獵殺的銳氣，他揪著小伙子瞧了半晌才開口問道：你為的是啥來學拳？我這兒練的功夫可不是一般人挺得過的喲；你這瘦弱的身子骨能熬得過嗎？

這等的對話早在趙德保的盤算中不知撥打過多少回了，於是乎，熟氣得很，他肯定的對馮師父說道：我小伙子打鄉下來，拜見您老人家求藝，因此絕不敢打岔話，有瞞您半句不是的詞兒，我學拳一來為了掙錢，二來為了爭一口氣，至於挺不挺得著，這個我自個兒不敢跟您老打包票，

但我肯定的對您老說，只要我趙德保還有一口氣在，絕不會在您老練習的擂台上給打趴著起不來，就用爬的我也給爬起來，這點我向馮師父保證。

看著趙德保眼中露出的目光，這馮老師父暗自驚嘆；若沒看走眼，這小子真是可造之材呀！於是當日馮師父就把趙德保這弟子給收下了。

趙德保拜入馮老師父門下，同一期新員共約三十來個，有的人先天條件不錯，是有些根基的鬥雞料，學起來比較容易入門，但這趙德保先天條件不足，拼鬥的力道明顯的弱了許多，靠的全是那股硬氣撐著。

打他入門開始，從紮馬、活步樁等基礎底子練習，這是每天必要的課程，主要訓練腰力、打鬥步伐的重心及穩定度，再循序漸進學習腿法；蹬、擺、穿、迴、壓、撞、勾、拍，的八大腿技；手法則學習鏟、衝、崩、扣、橫、肘、落、慣、蓋等技法，由於趙德保體型較弱小，所以馮老師父教他的博打技法不以衝、穿中直打法為訓練方式，而是改以順步走圈的外圍打法為主，另外再傳授其順溜解扣、滾肘壓伏的技法，用以防止被人高馬大的拳手用優勢壓伏的打法壓制他。

一般搏打比賽，就公開的來說，限制比較多，也安全點。但地下的打法不興這一套，他們以完全擊倒為主軸，不限體型及任何打法，簡單來說，站著的為勝方倒下的為敗方，因此這打法與狠勁可不是一般檯面上看到的那麼規矩，老實講：就是生死相搏，一般人可悶了，這麼危險的事兒怎地還有那麼多人肯上台力拼？這話倒是簡單，不就是彩金高的嚇死人唄，只要能贏一場就夠買一座房子，你說這能不誘人嗎？

話說回來，這日子過得快，一晃眼，趙德保在木材廠一待也將近兩年，這些日子以來整日幹粗活，晚上練搏打，倒把身子骨給鍛練出來了，變得精壯結實，人也慓悍多了，跟當初才入門時常常被打趴下，到現在變成同門裡擊點率及完全擊倒率最高，完全判若兩人，似乎這馮老師父真的沒看走眼了。

跟趙德保同一期入門的那三十幾個也被淘汰的只剩不到二十個，那一晚馮師傅把趙德保叫到跟前來，對他說：再過不久廣東佛山那兒有一場不小的比賽，你呢，是參加還是不參加？這一下，趙德堡可樂了！他熬過的苦儘管等的就是這一天，於是馬上點頭如搗蒜得請馮師父替他報名參賽。

五

趙德保向木材廠老闆請了長假，算是小伙子長期在工作上表現不錯，做事踏實穩當，所以廠方才肯替他保留這份工作缺等他回來再補上，這一夜趙德保在宿舍收拾行李，準備隔日起程前往廣東佛山，正忙乎著，忽然小德子打開門溜進來，低聲對趙德保說：你知道嗎？陳振那傢伙也到佛山去啦，聽說是為了陳家瓊瓊的事兒，其他的神山那邊就再沒透縫讓人知道了，說來，陳老爹一家為人良善，這瓊瓊打自小就護衛著你，屆時到了佛山你得給留意一下，也好給個照應，知道吧？這趙德保心裡有個底，想來倒也忐忑，說來說去舉凡給陳家揪上的準沒好事。

這一路顛簸總算來到了廣東，離賽前還有七日，各路拳手必須先進駐選手村完成報到手續，趙德保打離開神山小村之後就一直待在北京，這廣東初來乍到的，感覺倒也挺新鮮的，若用詞兒來形容這兩個地方，依趙德保的感受只能用一文一武來形容，他覺得北京地方算文的，給人儒文悠晃的感覺，對於這點老北京自個兒倒也挺自負的，而廣東就屬武的，商業交易熱絡，生活基調忙乎乎的，感覺像螞蟻一樣，卻又臥虎藏龍的，算是商業發達又複雜的地方，這些都是閒雜話了。

打進駐了選手村之後，有一事總在趙德保心中懸著，挺悶的，這一日總算尋到了瓊瓊工作的絲綢廠，來到廠門前，廠衛的見一個鄉下小伙子。算計著肯定是來求工的，於是乎一副愛理不理的踟樣就給擺了出來，沒好氣的揪著趙德保從腳底掂量到頭頂，這才發聲問道：小伙子，幹啥來的？

這趙德保算是沒見過世面的年輕人，給人這麼一問，倒起了結巴，還好指手畫腳的這才表達清楚，他是來尋人的，這人叫陳瓊瓊，在廠裡幹細工的，終於人總算給找著了，但趙德保見瓊瓊眼睛哭的腫腫的，終有一股不祥的預感給湧了上來。

這幾天趙德保心裡總是倒懸著，一顆心七上八下的，既是緊張又不踏實，一方面要面對他這人生的第一場擂台賽，賽場上規定淘汰賽要打入前十強才能取得決賽資格，偏生這次大賽各路來的好手大計有二百多位參賽者，這壓力大的是讓趙德保壓根兒裡喘不過氣來，另一方面想起瓊瓊紅腫的眼睛，直覺這陳振能找上瓊瓊，肯定不是什麼善事，可偏生他這會兒又不能得空去探個明白，於是乎，這事兒就這麼給悶著，悶的發紅發紫，就是不踏實。

淘汰賽當天，趙德保在場外休息區暖身，就撇見瓊瓊的身影在場外徘徊，這一下小伙子著實意外，繞到場外見著來者果然是瓊瓊，但憔悴呀這面容，這瓊瓊見著了趙德保，反倒低下頭嚅嚅低聲說道：我爹爹過世了，可陳家不讓發喪，說咱家積欠他們一萬多塊現款沒償還，要等陳振帶我到窯子押了身，這才讓我回家奔喪去。說著說著瓊瓊泣不成聲，蜷縮著身子直顫抖。

這話一落，趙德保心中一把火直給燒了起來，就想奔去找陳振評理去，可一回想欠債還錢理所當然，這理字也就只剩一半了，一時語塞，搭不上邊話來，時間揪磨著，就快到他上場了，終於，這趙德保像讓鬼開了靈魂竅似地，眼睛一亮，整個人精神抖擻了起來，對瓊瓊說道：你回去跟姓陳的說，給我三天的時間待我過去找他了結這件事。這話說得瓊瓊犯疑，老實講，連趙德保自個兒都犯疑，原來他把還債款的事兒，全都給寄望在這場賽事的彩金上了，嘿、大夥兒說的，這小子真是瘋了，也不想想自個兒練搏打才短短的兩年多資歷的菜鳥，人家有的可是身經百戰的選手呢，可這事兒也得讓大夥聽一聽這才叫絕吧。

於是乎，這事兒就算是這麼定了，瓊瓊不知趙德保葫蘆裡賣的是啥藥，半信半疑的，但事到如今看來似乎也只能這麼幹了，心裡念叨著就相信趙德堡吧，瓊瓊如此想著。

噹；選手編號174北京趙德保請上場，終於要開始了這一場惡戰。

趙德保人生的第一場擂台賽開打了，除了壓力之外心中更背負千斤重擔，為了他自個兒，為了瓊瓊一家，無論如何他都要贏得這場比賽。

這一上場小伙子心中怒火正旺，當下便把對手化成了陳振的影像，第一輪，忘了馮師父交代要用走圈化圓的打法，一味地直衝猛撞，個頭雖小但氣勢卻贏了半面，可實際上身子卻紮紮實實的挨了對手幾輪重擊，眼角撕裂淌血導致視線模糊，前人就說了，人一但失了理智就變得有勇無謀的，凡事就白刨了，就這個例。

第二輪上場仍是一味的蠻幹，個小的體型倒顯擺學人家衝、穿、摜、蓋、拼死的那氣勢，可換來台下不少的掌聲與喝采，但在這次穿衝的時候終究避不過對手的一擊肘蓋，只聽啪一聲，小胳臂及肩鎖骨同時斷裂跪倒在地，久久站不起來，對方終究是個老手，順勢提腿一勾一擺，這兩擊各中心胸窩及太陽穴，讓趙德保立馬昏死過去，終究是年輕沉不住一口氣，何況面臨生死相搏的時候，失去沉著與理智，就算是自找死路了。

另一邊說道，瓊瓊早已經回鄉奔喪去了，也為他爹發了喪，這一場喪事辦的悲呀，死的人倒也落得輕鬆，這活著的人呢還得善後收拾一些爛屁帳，據說；發喪後陳家給了瓊瓊七天守喪孝，這七天過後，仍得帶回廣東窯子履行押身義務去，就為了一萬多塊的現錢，瓊瓊是落海了。

賽場上受傷被抬下去之後，醒來已是五天後的事了，第一眼瞧見的是小德子的身影，小德子是賽場圍事通知來照料趙德保的，這小德子夠義氣，向老闆先壓了兩年的工資替趙德保付了醫藥資費，瓊瓊的事在趙德保未康復之前是絕計不能告訴他了，小德子是這麼盤算的，待趙德保出院恢復得差不多時，他這才說出有關瓊瓊的遭遇及去處，聽得趙德保雙眼泛紅，不平靜的心思著實折騰了他不少時日，這一天小德子得要回去上工了，趙德保這才告訴小德子說他決定留在廣東了。

說道趙得保留在廣東，打心裡盤算是要護著瓊瓊，伺機把她從火坑裡給救出來，可盤算壓根兒離現實天高地遠的，他啥事也不能幹就只能眼睜睜的看著，現在落魄如此，連自個兒的根在哪兒都暗自拿捏不準更別說救人了，於是也就隱藏了自己，白天挨在一座糧倉裡幹搬運粗工，管吃管住的。

在離宿舍不遠的僻靜地方，趙德保按馮師父的道館陳設為自個兒架設了許多活步樁拼命的練，一日也不敢懈怠，為自個兒精進他一身的搏打基礎，一方面四處打探各地搏打比賽的時間地點，一方面常潛到瓊瓊押身的窯子附近，打遠處呆不愣瞪的望著，每見一次瓊瓊送客交票的身影，心中的激盪就越壓越大，心思給磨的自個兒已變形了自己還不知道。

這一日，趙德保剛好在窯子附近溜轉準備回宿舍去，可隱約聽見不遠處的巷弄裡發出打鬥聲，間歇性的夾雜著微弱的救命聲，這一好奇往近處一看，嘿；怎地六個大漢拿著磚塊掄著木棍往一個中年人身上死命的打，這中年人護著一只皮箱，將斷氣似地發出細微的救命聲，原來這趙德保就見不得一些仗勢欺人的勾當，再加上今日見著瓊瓊交票的光景，一把火正愁著沒地方發，於是加快腳步斜身往暗巷裡頭鑽，罩著六個大漢猛地一陣拳腳快打，不知道是功夫練的紮實還是怒火發上作用，一個人竟也能把六個大漢給打趴了，抽身拉著中年人往明亮處跑，一路半拉半背的，就讓他把這中年人給背到了醫院門口，送入診間交給值夜的醫護人員手中，這夜裡遭人圍毆礙著治安問題，免不了又要引來轄區治安人員的盤問及筆錄，趙德保可不願惹這身腥羶麻煩，於是乎轉身就要走，可手小臂被這中年人拉住，只見他向醫護人員要上紙筆，顫著手寫上一個住址，大上海的什麼個地方，趙德保也不細看，就聽著中年人像訂盟約似地交代趙德保一定要到上海找他，為了快點抽身於是趙德保虛應著，待離開了醫院回到宿舍裡，這人一累把紙條隨手往行李面一塞，這就呼呼得睡著了。

七

話說趙德保這小伙子倒頭一覺睡去，這一睡可睡死了，睡得是無知無覺、不知天高地厚、不知所云。總之；小伙子這禍可闖大了，大夥兒可納悶了，不就是救人一命，行了一樁善事不是嗎，怎地又惹上一身禍事了？可咱們有一句話是這麼說的：槍打出頭鳥，茂天的大樹遭雷劈，小伙子管的啥事都行，怎知偏生他救的中年人卻是上海阜津的一頭老狐狸，是一幫子的大老。

王朝川、也就是這頭老狐狸，那一日來到廣東是為了開拓他廣東一帶的黑幫利益及劃界談判而來的，這老狐狸當然也知道強龍不壓地頭蛇的道理，於是乎離開上海踏上廣東之前，也就差遣了一幫小老弟到佛山一帶潛伏著，護著他的安全。

哪知這色字頭上一把刀，這當真是一把殺人於無形的利刃寶刀，談判當日，廣東三大幫派大老齊出，暗地裡遣派人馬不計其數，全化為路人戒備著，這王朝川一路直上廣京大酒店，宴上除了幫派大老之外，美女酒色當然齊備，可這一日王朝川這隻老狐狸終究還是栽在廣東名妓方芩這細妞手上，繞個圈，鼓個腮幫子簡單的說：這一日談判破裂，王朝川帶走官商與黑幫勾結的名細帳冊，廣東這一方用方芩色誘王朝川離開是非現場，並支開他的保鑣，背地裡再差遣十幾個殺手跟上，打算暗地裡做了王朝川這老狐狸，就當將得手之時，半路裡殺出個程咬金，也就是趙德保這小伙子給蹦了出來，無緣由的壞了廣東三大幫的好事，也就這麼地無緣由的惹上了一身腥羶。

這事兒鬧得沸沸揚揚的，這時廣東黑幫有兩種傳言，一則是：趙德保是王朝川手下的一名黑武將，身負刺殺廣東大老的任務，二則是：趙德保是廣東街頭的一名小混混，想藉此事發跡，劃地自當老大，總之，廣東一帶的幫眾當晚已對趙德保祭出了追殺令，這事兒全世界都知道了，就當真趙德保自個兒完全置身事外，渾然不知。

午夜方過，梆聲未歇，木材廠燃起大火，火勢一發不可收拾，竄升的火焰與濃煙，在夜裡硬是透著幾分詭謐與殺機，當趙德保拖著疲累的身軀拐進工廠後方的工寮，睡得昏天暗地的同時，廣東黑幫早已撲到他棲身的工廠，一把火掃了他的根。廠外四下更是鬼影幢幢，暗伏潛近，四處搜尋趙德保的蹤跡，就一句話：活要見人，死要見屍，寧願踩死地上所有的螞蝗也不讓田雞打地上給溜了。

王朝川這方面當然也不得閒，幫眾護著老狐狸徹夜離開廣東，臨前王朝川遣下十來人，無論如何也要找到救他的小伙子，協助脫困，於是兵分二路忙的是不可開交，不亦樂乎。

在這熱呼的當時，趙德保在睡夢中打了個大鼾岔了氣，可又轉身倒頭，立馬又昏睡了過去，一會兒，渾渾恍恍的見到瓊瓊滿臉鮮血向他奔來，哭喊著叫救命，就將一把握住瓊瓊的同時，轟一聲；有人破門跨入工寮，趙德保被夢境及聲響嚇的一咕嚕坐起，只見三個手握開山番刃的人，動作一致、同時舉刀朝他劈落下來，怪怪不得了，趙德保嚇得是差點屁滾尿流的，從床上滾落下來，幾乎是半爬半滾得竄出大門。

這不出門還好，一出門立馬見更多黑影竄將過來，小伙子當下傻愣了大概三秒鐘吧，這是我臆測的，大夥兒也就別計較了。這一傻一愣醒將過來之後，趙德保又轉身進了工寮想躲起來，這會兒才又想起，不對呀，房內也有人要殺他，於是急忙中拎了他的行李再度竄門而出。

八

趙德保拎著行李，隨手抄起門邊地上的一根方型木棍，行李當盾木棍當刀，一路抵擋竄逃，人家說的，什麼是挨著路人一路追打的喪家犬，看著趙德保這一路被掄著刀棍追打的狼狽樣，這會兒我總算是明白了。

仗著年輕，又有武底子，初時還能挺住，但這一路擺下的陣仗，任誰看了都得腿軟，漸漸地、小伙子逐漸力疲氣虛了，手腳不聽使喚地同時放慢，於是著落在他身上的刀棍也就愈來愈多了，拖著一身鮮血竄過一片荒塚，來到一處邊崖，腳下一空、身子一晃，嘩的一聲，滾落山下去，在黑暗中倏地一下消失，像土盾、入了地上的活窟窿一般，可也因此逃過了追兵的眼線。

話說回來，這趙德保的身子骨練得算是夠硬的了，頭上撞著墓碑起了個大芭樂，小腿骨也折了，身上流淌著鮮血，意識蒙了一層灰似地，模模糊糊的，為了保命，這小伙子硬是拖著滿身是傷的身軀，爬出荒山處，順著追兵的反向又回到市鎮，拐進一條小胡同，耗盡了氣力，就這麼給昏死了過去。

這一日，天似乎亮的特別慢，四下一片暗濛濛的灰，吹著涼颼颼的晨風透著幾分寒意，這時候，一個身材窈窕穿著桃粉色綴著小花旗袍，肩上套件貂皮領套的女子，拐進了這一處小胡同，暗濛濛的當兒，撇見地上倒了一個人，滿身鮮血的，像一具斷了氣的死屍，這女子驚嚇的是噗通一聲，腿一軟、撲身倒地，這一撲，說巧不巧，不偏不倚的往這疑似死人的人身上倒去。女子被嚇的是花容失色，再也叫不出聲音來，這兩人身體這麼一靠，咦；這細妞感覺到，這倒地的男子似乎還有一絲氣息，於是提足了勇氣，伸手往這鼻頭一探，還好；是個活人，當下鬆了一口氣，一骨碌地爬了起來，轉進胡同裡的一處小屋，不一會兒，再度轉了出來，此時身後多了一個看似女僕模樣的女孩，兩人費了好大的一股勁，才把這活屍拖進屋子裡邊去。

一個穿著碎花絲綢衣，滾邊帶花長裙的女孩，領著大夫，提著急診箱，神色慌張的拐進小胡同裡的一個內堂小屋，榻上躺著一個年輕人，滿身是傷渾身是血，僅存一絲氣息，撐著微弱的生命。

大夫搭著手脈微閉雙眼，神色透著幾分凝重，彷彿在搜尋任何一條能救命的線索，滿屋一片沉寂，靜的是連一隻蚊子的游移都顯得太過張揚，讓人煩躁。

大約在不知多少刻鐘之後，這大夫終於回過神來了，輕咳一聲說道：這也太神了，我說這小伙子，換做是一般人來說早就沒命了，應該是這麼說的才是，好在這小伙子意志夠堅，又耐得起重擊，才能撐著一口氣撿回一條命，我開幾帖金創療傷的藥，你們給他煎好了想法子灌下去，在加上外敷用藥，靜養一陣子就行了，等一下隨我回去捉藥，說罷，大夫開了方子，提著診箱走出胡同。

一時屋裡剩下兩個大姑娘家，你看著我、我看著你；對望著不知所措也不知從何著手，等著小伙子都快斷氣大夥兒都急了，這會兒兩個細妞才提足了勇氣，剝開年輕小伙子滿身是血的衣褲，打著水盆，仔細的將這年輕人全身擦拭乾淨，敷好了金創藥，揪件薄毯子打全身往那一身精實的裸體輕輕的蓋上，打理好一切之後，這兩個細妞方才散開身上緊繃的每一條神經線，也才一臉活絡開來。

這世上是無奇不有，無巧也就不成書了，話說回來；襯著貂毛領套救回趙德保這小伙子的，是誰都不稀奇，可偏巧，不偏不倚的可就是那色誘王朝川，幾乎要了那老狐狸一命的奪命桃花方芩。

這方芩打九歲被青樓領養，入了煙花而後成了廣東名妓，小小年紀就看盡了花花世界一些頂著名利，滿臉虛偽的爆發人家的嘴臉，這會兒可好了，打從幫趙德保灌藥之後，細看這滿臉土裡土氣，卻又透著幾分傻氣與硬氣的年輕小夥子，卻是愈看愈對眼，不知不覺得露出淺淺的微笑臉上卻也飛過一抹紅，大夥兒就說了，不知道是好命還是壞運，這趙德保自個兒的事算是開始了。

九

一晃眼，半個多月的時間過去了，趙德保在方芩細心的照顧之下，身子骨恢復的特快，看著日漸康復的小伙子，方芩這細妞心裡倒是起了矛盾，一則喜一則憂，喜的是趙德保身體無恙，憂的是恐怕要不了幾天，這土裡土氣的傻傢伙就要離她而去了。不過話說回來，近日來細妞心裡頭總懸著一塊重石頭，壓根裡沒人知道，她正暗自盤算著一件攸關自己終身的大事。

這一日，趙德保在屋裡頭悶得慌，披著薄外套晃到院子裡，院裡的大樹，樹葉稀疏，灑得一地陽光，小伙子繞著院裡的一口井散步閒晃，不知不覺按著馮師傅教授的口訣：擺步、內扣、夾襠、滑步；就這樣順起了淌泥步，依順時、反時轉身跨步練習，正入神的當兒，門檻碰的一聲，兩扇木門被撞開，由於這撞門的力道大了些，因此木門還失控的多抖了兩下這才停了開來。

話正說著：是誰這麼無禮，踹門似的闖進人家院子裡，待仔細一瞧，咦、怪怪！竟是平日溫柔儒雅的方芩姑娘，瞧這方芩鐵青的臉，趙德保卻也識相，也沒多問一聲，反倒方芩這細妞先開了口說道：這秋老虎的日子，天氣多變，你不待屋裡躺著養傷，卻又跑到這外院裡做啥來了。話說這責備歸責備，心疼與關愛還是多了幾分，連我這局外人都聽得出來，就那塊傻木頭渾不知覺。

這當口，這氣氛，小伙子還能說啥，只得訕訕的說道：也沒做啥，就出來透透氣罷了，這囉理巴唆的，閒話倒也扯多了，原來日前方芩在街頭上無意間聽見兩個地痞的談話，這才知道廣東黑幫正灑下大網要追殺趙德保，聽了這消息後，近日來盤算不定的事終於自個兒給定了下來。

那一日，方芩便是捧著白花花的銀兩到青樓，殺到老鴇跟前，說她要退出青樓從良去，對老鴇來說，這事兒不得了！算是天塌下來的事，因為這方芩可是她店裡綴著滿枝銀兩的活搖錢樹，怎能讓她說走就走了呢，可方芩堅持敞開來講，終於撕破了臉，彼此撐了一肚子氣，方芩只知道黑幫要追殺趙德保，卻不知其中的原由，所以打算回家收拾行李，護著趙德保離開廣東，而老鴇則好奇，甚麼人有這麼大的魔力，要方芩放下所有，不顧一切的跟他走，於是暗中遣人到方芩的住處一探，這不看還好，一看不得了，原來趙德保就藏身在方芩的住所，就這樣，趙德保的行蹤不到一分鐘便落入了黑幫的耳中。

方芩在獲知趙德保的險境之後，暗自打定主意，要救趙德保脫險，當然；話又可說成，這小妮子根本是跟定了趙德保，無論浪跡天涯都心甘情願，也虧得細妞心眼子周詳，想的到打自個兒住處跟小伙子就這麼大辣辣的走出去，一定會被圍堵，於是乎；大略的跟這塊傻木頭提了一下。

其實趙德保在獲知自己無緣無故的捲入風波並身處這麼大的險境時，自個兒都已經傻了一大半，方寸大亂，粗線與細線都揪成一坨了，哪還能有什麼主意，只是突然想起，那個中年人的話：要去找他，這會兒回過魂來，馬上攤開行李，找出那張幾乎塞爛了留著住處的紙條對方芩說：咱們就往這處去吧。

方向定妥了，脫身的辦法可是不能少呀，還好；這馬上，方芩要細妹找來一位身材與趙德保神似的傢伙，讓他穿著趙德保的衣服，跟著細妹儘往人多車馬多的地方鑽，這一眨眼的工夫之間，方芩自個兒拉著趙德保往胡同後方小巷，拐個大圈摸著後路直奔車站，兩人坐上直往上海的大列車，就這樣瞎矇瞎騙的，總算給混出了廣東。

喀拉喀拉的，不知顛簸了多少時日，總算到了上海這大城市，下了車，正值秋冬交際的寒夜，兩人抖擻縮著身子，看這知名城市的夜景，趙德保看得是目瞪口呆不知該如何言語，一時倒忘了身邊還有個姑娘正受著寒氣，這過了半晌，方芩才忍不住嗔道：你不找個地方先住一晚，難道咱們就傻不隆咚的在這兒杵一晚不成，哦；對了，趙德保這才想起，該當先找個地方休息一晚，趕明兒個快上路找王朝川去，在這就讓大夥兒期待一下，這一男一女，對王朝川來說，一個是恩、一個是仇，這三頭六眼的一見面，會是個怎麼樣的局面。

十

這一歇一停的，倒是休息得夠久也夠狠的了，若是趙德保這小子夠積極的話，這時間也夠他做出一打小崽子了，只是方芩這細妞卻也還稍嫌時間過得快了點，壓根裡還來不及培養感情，這天空就給放亮了。

於是方芩假意沉睡卻暗自注意趙德保的動靜，似乎有所期待似的，怎奈：木頭就是木頭，再怎麼要把戲也變不出個金塊來，大夥兒就是這麼想的，不是嗎？

好不容易熬了一晚，小伙子見窗沿灑落了陽光，就一咕嚕的快速起身，但見著方芩熟睡也不敢搖醒她，只能換好衣服就在那房裡瞎愣著，可這細妞就是愛戲耍著人家的憨厚老實樣，瞇著眼見著小伙子發急，她內心裡卻自個兒暗笑著，就是不肯下床，搞的趙德保一顆心是七上八下的，就似一隻憋著尿的狗，轉的急呀。

時間就這麼慢慢的過，這一男一女算是耗上了，待得小妮子戲耍夠了，良心發現了，這也就起身了，可這一起身倒也不忘補上一句：唉呀；怎地不把我搖醒呢？誤了你這麼久的時間，真的是太對不住了，可就咱看的，偷偷的告訴大夥，其實小妮子說這話時，心裡是偷笑著的。

待方芩漱洗換裝完畢，兩人相偕走出旅店，風還是冷颼颼的吹著，透著入骨的寒氣，無論是行走的路人甲也好，路人乙也罷，個個是縮著頭走路的，鼻孔還不時呼出白煙氣，兩人走到了街口攔住一輛車，趙德保遞上寫著地址的紙條，對開車的師傅說道：咱們就往這地方走，麻煩你了。

這開車師傅倒也不搭話，只是由上往下的照著臉，往這對年輕人仔細的打量一下，就轉過頭發車上路了，話說回來，畢竟女孩子家心細，由這開車師傅的眼神及小舉動看來，似乎透著一絲詭謐，方芩這會兒心思倒是有點亂了套，心頭無緣由的起了一種不祥的預感，可就是說不出個所以然，也不知該怎麼對趙德保講，兩人就由著車，載往他們的目的地。

話說這開車師傅載著趙德保與方芩倆，在整個上海的大街小巷繞著，兜的是昏天暗地，漫無天際的，在這話頭上，這才搭上另一輛跑車的師傅，兩人撂下車窗私語一陣，這才踩足了油門直往王朝川宅邸衝殺過去，這才叫雨水一落地，著了，就這麼著一下子就在一處豪宅院前給停了下來。

趙德保這小伙子果真是個沒見過世面的楞小子，一見這陣仗，這心頭一揪，心中暗忖，有錢人果真是不一樣，皇帝老爺一般的氣派與享受，可咱們方芩這細妞哪門子陣仗沒見過，對這倒也不覺得稀奇，只是心中的不安陣陣直襲心窩，犯著愁也泛著疑。

兩人被下人帶著朝正宅坐落的門廳走去，遠遠地小伙子看見了王朝川，心中樂得鬆了筋骨，只差沒癱軟倒地而已，而方芩呢，這可不是咱村野夫吹牛，大夥兒應該都見過肉販攤上的死豬肝吧？對啦，果真是方芩的臉色比那掛在攤子上的死豬肝還腥還難看，暗地裡，這細妞不知自個兒此時已冒了多少白毛汗了。

閒言不談，咱就說王朝川這老狐狸見過趙德保與方芩倆人一到，馬上起身堆著滿臉習慣性的狡詰笑容，搭著小伙子的肩套熱呼，在這同時也睨了方芩一眼，再對趙德保說道：小恩人這細妞果真美極了，與小老弟真是匹配的來呀，叫什麼郎什麼貌的吧。

說這話的同時，方芩這細妞心砟地醒了過來，近日的不安終於著了個底，有了見處，當下腦海裡暗地轉了個百來轉，立了些許盤算。

十一

這一晚，方芩失蹤了，這話不是村野夫說的，是王朝川這老大，漏縫洩出來的消息。事情的經過是這樣的；那王朝川當著趙德保的面，不動聲色，極盡熱心款待，飯酒茶敘之後，王朝川特意安排趙德保與方芩的住處，這頭狐狸呀，特意的將兩人的住處岔遠了，照村野夫對王朝川的了解呀，這距離肯定得三灣四拐的才碰得了對頭。

大夥兒想必也都知道了，這頭帶色的狐狸，偷不著腥又險些喪命，他哪能受得了這雜碎的悶氣，何況這美人胚子今晚自個兒送上門來了，若不扒了她，怎地好意思承眾人喊他一聲老大呢？大夥兒說是不是這個理。

話說回來，方芩這細妞出江湖混飯吃也不是一天三天的事了，於是乎，趁著看守的人一打盹，就從這麼一座大宅院裡給遁了，落得是無影無蹤，大夥問我說：這細妞可真神了！她是怎麼通天竄地的？村野夫也答不上來，反正就王朝川說的，方芩失蹤了，這事一傳開，趙德保這渾小子，可慌了起來，好歹這一路上，他靠的就是這細妞，他才能平安的躲到這上海來。

這邊要跟大夥兒提一下，王朝川雖是混道上的，缺點是好色了一點沒錯，其他得是倒還分明，一來，他仗義，向來是恩怨分明，所以說，在方芩失蹤之後，他真心留下趙德保，並代他向小德子跟馮師傅捎信報平安。

時間過得快，一晃眼的工夫，趙德保來找王朝川，很快的過了一個月，這幾天趙德保心中悶著葫蘆，老懸著一顆心，一個人心思憋著，就特別顯的煩躁，似乎有甚麼事將發生似的，這一天，他一個人轉到宅院外的對街，鬧市裡晃蕩，眼前閃過一個女子的身影，望著細看，似乎是瓊的模樣，但這會兒他真不敢想，思緒順著腦袋瓜子走，自己沒法子去救她，這會兒自個兒倒覺得自己窩儾到了極點，在遊下去，只覺得索然，遂往王朝川住處轉回去，這走到邊院前落，只見一個女子朝他奔了過來，一把將他抱住。

這小子愣是嚇了一跳，待仔細一瞧，怪事兒了！這不真是瓊瓊嗎？這會兒當真自己都給弄矇了。

原來王朝川在趙德保住進他府裡的這些個日子，從趙德保口中，片片斷斷的了解到他的一些事，比如瓊瓊及他打擂攢錢的事，所以王朝川託人到廣東，替瓊瓊贖了身，帶回上海與趙德保相會，以報趙德保救命的恩情，至於打擂一事，俺跟大夥兒說：別提了，各位聽著了一定找王朝川鬧急去，話是這麼說的：自王朝川知道趙德保想打擂攢錢之後，這腦筋當真動上了，因為他在廣東地界利益的事尚未搞定，大動干戈對自己似乎又不利，於是找人傳話給廣東會館，希望雙方各挑幾位武師，再辦場地下擂台，若是雙方對決賽平手，則地界利益各半，若對決結果，哪一方獲勝則地界歸屬勝方所有。

對於這項提議，廣東方面也給了正面的答覆，雙方敲定三個月後在上海辦一場擂台賽，據俺聽到的地下情報說：因為這次獎金高過以往許多，所以參賽得各界好手也比以往多了將近一倍。

於是乎，趙德保這下又莫名其妙得捲入這場江湖鬥爭裡去了。這事大夥兒都知道了，仍只剩趙德保這渾小子全然不知，當真還高興能有這次的打擂機會，期待著，滿心感謝王朝川。

打擂後記

時間過得快，轉眼一下，比賽的日子到了，趙德保再次面對他的理想與人生挑戰，滿心希望能贏得這次比賽，抱得獎金回老家給父母過得好日子，這天他在瓊瓊與王朝川的陪同下步入會場。

第一天預定的是暖身淘汰賽，共計將淘汰一半以上的參賽選手，由於賭局大獎金高，所以前來挑戰的選手當真不少，由於趙德保此次心情平和，也有了上次慘敗經驗的教訓，所以打起來似乎老練沉穩許多，所以順利的通過了第一天的暖身賽，成功晉級成為弟二天預賽的選手。

第二場比賽的時間排定，趙德保被排在下午第一場，對決的選手來自俄羅斯，是該國的搏擊好手。

俺在這兒跟大夥說個祕密，這俄羅斯選手在上場前早跟廣東會館的人達成交易，只要他廢了趙德保，廣東黑盟會館的人就會撥一筆錢給他，大夥兒也知道，廣東黑盟能這樣搞，王朝川當然也不是傻子，所以相對的，廣東派來的武師也面對了日本武師，雙方展開一場私下交易的生死對決。

咱們閒雜話不說，先來關心一下趙德保這邊的戰況，話說，收了錢的俄羅斯選手，信心與戰鬥力大幅度提升，仗著身形高大的優勢，趙德保跟他對站著，身高似乎只到對方的胸部，這是村野夫看到的。

戰鈴一響，俄羅斯選手就來一記穿掛的虛勢，再出一手狠實的右肘蓋擊，這一下，趙德保險些被擊中，好在他一勢滑步穿掌，順溜化開了險境，趙德保順勢一記迴身雙掛，擊中了俄羅斯選手，大夥兒猜怎麼著？這俄羅斯選手卻不痛不癢的，這一下趙德保著實給震住了，王朝川也嚇的下巴險些落了下來，實況轉播是雜雜瑣瑣的，看得大夥兒想必都急了，俺再囉嗦下去，被砸得肯定是自個兒了。

所以咱們直接跳過撂過，看結果，這一場打下來，趙德保終究還是被對方廢了右膀子，而對方在大意之下，中了趙德保的一記橫衝直摜，由於擊中對手的胸肋中處，對方一時喘不過氣來，悶昏倒地，趙德保險勝取得決賽權。

這會兒王朝川舒了一口氣，在同時，暗置在第二賽台上的手下傳來消息，廣東會館派上來的武師慘敗在王朝川收買的日本鬼子手下，我說：這會兒王朝川樂活了，眉開眼笑得準備回家辦慶功宴去了。

話才說到第二天的賽事，對趙德保來說，第二天的賽事才是他的目標，等了這麼些日子，等的就是這一天，次日賽事如常舉行，王朝川也無心觀戰了，因為他的目地已經一半到手了，趙德保的勝負雖然重要，但也不必有太大的壓力了。

準決賽當天，趙德保拖著垮一邊的身子，在瓊瓊的陪同下出賽，對手來自河北，據說是形意拳門人又精通搏打，在地下拳壇上勝了好幾場，向來是以出手快狠準出名，話是這麼說的，但在趙德保這隻傻鳥來說，算是卯上了，只管有拼命的分了。

這一場打得激烈，趙德保屢遭重擊，苦無還手的力道與機會，垮著一條膀子，真箇是芋頭充番薯，混著蠻幹，這瓊瓊在台下一顆心有如悶蓋的乾鍋杓，添著柴火燒，這急的是，反正俺也不會形容了，大夥自個兒想像去。

苦苦的撐過一回合，第二回合一上場，對方出其不意來個熊出洞，趙德保也使出內家路子；滾伸壓肘，但對方來勢凶猛，愣是直攢中心要害，趙德保被這麼一擊，翻滾了好幾圈，胸口悶吐了一口血，一個鳥樣似的跪趴下來，半晌還爬不起來。

對手見趙德保只剩半條命，像隻快斷氣的羔羊肧子，於是趨前，一個壓肘，落石一般朝趙德保後腦勺子當頭罩下，這一下，嚇的俺都犯傻了，可奇蹟似的，只見趙德保直撐左掌，摜上這對手的丹田上三吋的地方，這一下，全場鴉雀無聲，原來趙德保在千鈞一髮之際使出馮師父傳給他的吋勁打法，只見這河北來的大漢緩緩的倒下，反倒見趙德保站了起來，渾小子眼睛冒著火星，頭頂竄著金星，咕嚕的又坍倒下去。

勝負的話是這麼說的；這場合該算是趙德保贏了，因為對手倒地之前，他是先站起來再倒下去的，可是話說到這兒，事還沒完，大夥兒別急。

事情的結果是這麼一回事，因為這場地下賽事辦得太張揚了，又牽及黑道圍事，所以早被治安單位盯上了。

在後賽的同時，治安單位發動了近二百名武警，將賽場層層圍住，待主持賽場上發布賭金時蒐證齊全，一舉將辦場子及圍事者一併逮捕。

也就是說；辦事的全犯了官司，參賽的也被判了拘役勞動，換句話說；趙德保這下夠鳥氣的，到手的獎金飛了，這發財夢也沒了，在這之後，渾小子想通了，人還是要老老實實的攢錢，這錢來的才踏實，日子雖苦倒也安穩，於是他帶著瓊瓊真到北京藥材胡同，學藥材買賣去了。

這小倆口忙活的倒挺快樂，就一天的下午，趙家門外來了一個姑娘，身材窈窕，但滿臉的刀疤子麻花，由於傷痕烙的深，所以臉部扭曲變形的可怕，瓊瓊趨前一問，這姑娘家說是來找趙德保的，趙德保在庭內聽到了，這便跑了出來，初時這渾小子一看這姑娘的臉，嚇得還真差點跌倒，小子一臉茫然認不出是誰，只見這姑娘紅著淚眼說：我是方芩。

這一下，趙德保真得腿麻了，一下站不住差點跌倒，還好當時俺剛好路過，把他扶住了。

後來總算弄清楚了一件事，那晚王朝川潛入了方芩的房間，要強拉著弓硬上，結果方芩抵死不從，情急之下弄花自個兒的臉，再倒杈著刀子對著自己，要王朝川放她走，否則只有以死明志，這色頭子老狐狸見是弄擰了，明著對趙德保不好說，這臉皮子也掛不住，於是半夜派人將方芩給弄走了。

方芩一直注意著趙德保的動向，這事情平靜了之後，她這就找來了，嗯；至於他們三個年輕人之間的感情問題，俺也不好再向他們追根究底了，所以我也不知道，就讓他們三個年輕人自己解決吧，反正趙德保這渾小子還年輕，有的是本錢，弄不死他的，大夥兒說是不是。

肆、當貓兒遇見鯨魚

一

盧厝挖是個地名，村裡原先只住著十幾戶人家，先祖原籍浙江，向南遷徙經廣東、福建再落地在這南方靠海的地方，之所以取名盧厝挖，是因為遷徙來的住戶姓盧，在加上這地方靠山面海，地形特殊的關係，原本零零落落散居一處的鄉鎮，因為同宗同源的關係，過得和和樂樂是一大家子的氣氛，就一個純樸的鄉下樣。

近幾年城鎮工商業急遽發展，工廠一家家的設立，又是興建碼頭，又是增建機場的，忙和得熱呼呼的，這鄉鎮發達了，相對的外地來這兒謀職發展的人也多了，原本幾戶散居零落的盧厝挖四周空地，相繼蓋起了公寓小房，這人口就像放了酵母的麵粉，橫脹了起來，這一脹，不得了，人從四面八方淹來，吞沒這小地方，使得原本沒幾戶人家的盧厝挖變成一座熱絡的小鎮。

原本一大家子的單純地方，這外姓人一下子蓋過了老本家，問題就來了，大夥兒知道，這村落外莊門口，原長著一棵老齡的大槐樹，是老一輩就有的老槐樹，也是村人閒聊嗑牙，泡茶休閒的地方，理所當然的也是小孩崽子們繞著樹跑的地方。

哪一天，這老槐樹不知怎地，礙誰惹誰了，鄉鎮處辦來人，拿著機具電鋸的，活生生的就要把這棵老槐樹給宰了，說是要蓋什啥子的休閒公園，對老一輩的人來說，在這村莊裡頭，任你宰哪隻雞哪隻羊羔子都行，要宰這老槐樹，老村民們鐵定攢起鍋鏟，橫著槓，非跟你拼命不可，這事兒是鬧得沸沸騰騰的，成天裡鍋瓢碗杓得鬧個不休，終於大夥兒起了公意，推派村落的老公正人向城鎮議辦處陳情，保留這棵老齡的槐樹，折折騰騰得鬧了一年半載的，休閒公園照預定蓋成了，好在老槐樹也保留了，村名也換成了槐南村，就在槐樹右方也起建了一座涼亭，供大夥兒泡茶休閒用。

這是樁美事，原意也不錯，但搞到最後休閒泡茶的人沒了，卻成了龍蛇混雜，喝酒鬧事的好地方了。

咱既說到了槐南村，肯定得提到盧啟發這號人物，就像提到景陽崗絕對得想起武松這道理是一樣的，說道盧啟發，他是盧姓人家遷徙到槐南村的第二十四代子孫，遷到此地的盧姓家族子孫，有大房跟二房兩脈，在後山坡上的是二房後代子孫，在山前莊園內的是大房之後，盧啟發就是二房嫡系子孫，他有兩個兄長一個弟弟三個姊妹，長兄整日提著酒葫蘆當醉仙，消消遙遙的過了四十幾個糊塗歲月，仍舊前腳尖晃晃的搖擺，光桿棍一個，搞到最後在娼館的窯姐床上，瞪了腿噶了屁，轟轟烈烈的，糊弄了許多路人好奇得來替他送終。再來那一個弟弟，打小時候起就瘋瘋癲癲的，好衣好褲的不穿，淨愛坦胸露肩的，披頭散髮，腰兒裡拽把藺草繩子，頂著一臉墨黑的臉，在村園子裡溜達，因為自小他的母親就對外宣稱，這是個神童，是應了濟公師父脫胎下到這凡世來濟世的，說的總歸是一說，聽的是含含糊糊的聽著，搞的俺也給弄含糊了，總之大夥兒是見怪不怪的，湊合著過習慣了，直到有幾次，這應世下凡的濟公師父掄著菜刀，追著人砍的時候，這才引起了村人們的關注，關注到最後，聽說這濟公被送進了精神病院，長期隔離。

二

話說回來，在槐南村說到盧啟發這號人物，咱們不得不提到發嫂這個人，發嫂這人長的咋樣，俺只能送大夥兒一個字，就是一個醜也難以形容得渾字，貼切的說法應當是長得既醜又渾的，但用這樣來形容一個女人的長相，似乎有點缺損了口德，俺也當真說不出口，至於怎麼個醜法，在這兒粗略的向大夥兒報告一下，她是一短二短的，也就是說，白蘿蔔一般的個頭，丸子般粗圓的雙手雙腿，臉上一顆蒼蠅大的麻痣，血盆般的大口，上堂骨陷塌，兩顴骨隆凸，塌鼻子小眼睛的，大象般得圓臀屁股，胸脯掛著兩顆出奇大的肥奶子，走起路來兩腳是巔巔簸簸，胸前是抖抖晃晃的，說有多不協搭就有多不協搭。

初見時，俺的心情是跟大夥兒一樣的，咋地好一個男人，就肯娶個醜女來當媳婦來著，這事兒經旁人說來，俺一聽愣是覺得，這發兄與發嫂的結合，是有點犯渾，老人家說的，天生姻緣，是月老配的對，咱逃不了，依俺說的，可能是某天發兄請月老喝酒求姻緣，月老喝的犯傻了，隨手將發兄的姻緣線這麼一拉一繫的，著，與發嫂就這麼成了命中夫妻，雙飛鴛鴦了。

粗略的玩笑總歸是認命的一說，可咱聽來的正經說法是這樣的，話說某年某月某日的一個晌午，一幫酒鬼投胎的酒罈子，聚在槐樹右方的涼亭裡喝酒嗑牙，閒糊弄著鬥嘴、打嘴砲，遠遠地，從公園後方入口，晃了一團女孩子，朝涼亭處溜晃了過去，咱發嫂當然也是其中的美女之一，這外地來的落瓦女子，原本就沒啥正經的，見了年輕的漢子，朝她們瞎纏糊渾的，也就大辣辣的圍坐一地，撂下酒罈，敲起了酒葫蘆。

時間一滴一搭的過，轉眼太陽西落，圓月升天，就這麼，涼亭裡的男男女女全掛了，三三兩兩的，西趴一個，東掛一對的。酒葫蘆全翻倒了。

渾事就這麼發生的，大夥兒心底有數了吧？就在涼亭一旁有個草園空地的，男男女女酒力一發，就往那草園子一鑽，翻雲覆雨一番，再揪著衣褲鑽出來，這渾事是人人有分，誰跟著誰蠻幹瞎混的，是誰也不知跟誰了，話說到這頭上，也不再細題了。

村裡的酒鬼幫子，大家都淨以為享了撿來的艷福，不料這渾事沒幾個月就成就了三對姻緣，

槐南村有個公奉的祀堂，堂裡奉祀著先祖從祖籍遷來槐南村時請來的神祉，相王爺，也有稱相皇公，這祀堂一般都由族人四年一輪，按戶輪流打理，伯祖輩的長者，掌理子孫輩一些爭論的公判權利，若村裡遇上一些難以解決的事，都會請這些長者出來主持公判會。

這幾天，盧家祀堂天天擠滿了人，參與長老村會者，個個緊蹙眉頭，後來經俺一打聽這才知道，原來那幫女孩的家族聚眾來槐南村討公道來了，說是槐南村的男人欺損鄰村的女人，玷污了人家的黃花大閨女，鄰村男眾拿鋤頭的拿鋤頭，拿扁擔的拿扁擔，鍋碗瓢杓的盡出，該拿的都拿了。

所以配對的配對，賠錢的賠錢，這事兒一樁一樁的了斷，發兄發嫂就是這麼給配上的，至於

為何發兄配發嫂，據說是大夥兒酒兄弟栽的贓，也就是說那天，發嫂帶著家人前來討公道要清白時，酒幫大夥兒一看發嫂這鬼人般的長像，個個嚇的臉色發青，兩腿直打哆嗦，當發嫂的娘問到誰幹的好事時，酒幫一夥兒，個個有志一同，或同打好契約似的，矛頭全指向發兄，於是發兄的婚事就這麼給定了。

發嫂的眾姐妹們樂了，說咱發嫂算是撿到寶，以後再也甭怕嫁不出去這檔事了。至於發兄是不是真的元兇，大夥是全不知情，這打死都不認的事，大家也都不去追究，於是發兄就這麼糊裡糊塗的被賣了。

三

打發兄的姻緣線被月老一栓一繫之後，咱發兄過的是老鼠頂鍋蓋，整日悶得慌的日子，大夥兒與許犯了疑？砟地好好的一個大男人成了親，日子當真不成樣了。

這點，俺跟大家同是一樣的一個問號，待發兄自個兒道來，這才明白了一些頭緒，話是這麼說的；大夥兒理當都還記得，咱發兄的這門親事，是撐死貓兒樂死耗子的一樁買賣，活生生的被一群酒葫蘆兄弟栽了贓的婚姻，也正因為如此，眾兄弟心底落了個隙縫，生怕哪天著了風，洩了底，被揪出了誰才是那天犯渾真正與發嫂春風一度的元兇，礙著這點，所以大夥聚著敲胡蘆蓋，喝酒閒嗑牙的時候，一見發兄過來，大夥兒不是悶不吭聲的，就是馬上拉扯嗓子，找藉口散了去。搞得咱發兄以為自個兒娶得一個鬼一般的女人，犯著了大夥兒的笑柄，於是大家冷落排擠他了。

就俺說的；咱發兄是替人吞了生黃連，還擔心別人嘴巴苦了，大家既不明說，咱也不橫叉桿子，來捅這一窩牛頭蜂窩了。這發兄心情鬱悶的事，咱暫且先擱一旁。

再來說說，這槐南村最近傳著一宗不是笑話卻能笑死大夥兒的笑話，話是這麼傳的；咱發嫂一個黃花大閨女的，嫁給咱發兄，當真是家門不幸了。

這聽了直讓人吐血笑落大牙的事，就這麼一天一天得傳著，成了村裡人最逗樂的一樁笑話了，追究源頭，往上這麼一推一問的，嘿；原來說這話的，是咱們發兄的元配發嫂，也就是咱們的發夫人自個兒說的。就俺聽來大概含糊的說法是，發嫂自怨自哀得自認為，她一個未開苞的黃花大閨女，就這麼糊裡糊塗的被那發兄破了瓜，生吞活剝了去。這話又說了，成了親，才又發現原來她指婚的這男人，不僅整日沒個上工的時間，還淨混在酒葫蘆裡瞎矇的混日子，再說了更哀怨的一件事，原本她以為，嫁到了嫡傳子孫的家裡頭，理該住進大宅院裡的，沒想到；這一過門才知道要跟丈夫的兩位兄長、一個弟弟，也就是說大伯、二伯、小叔的，同擠在一個紅磚瓦屋裡，連洗澡更衣都天天有好幾雙大狼眼泛著淫光盯著她瞧，所以這發嫂越想越泛淚，酸肚苦水得這才倒給外人聽，因此就成了槐南村的一樁笑話了。

雖說清官難斷家務事，但究竟是發兄冤呢？還是咱們發嫂哀怨呢？咱這也不多話了，大家心裡自有一把尺，就自個兒惦量惦量吧。

日子一天一天的過去，這槐南村裡不就鬧些七婆八嬸的事，公雞逗母雞的瑣雜事，咱發嫂一晃眼，踏進這槐南村當媳婦，也該當三個月有餘的時間了，這會兒全村的七婆八嬸的，眼光全揪在咱們發嫂身上，大夥兒是知道的，發嫂還是個黃花大閨女的時候，原本就長的一副圓嘟嘟、肥臀掛奶的鬼樣子。

近日來，大夥兒談論的是，這鬼婆子進槐南村三個月的日子，圓是圓得更不像樣了，成天手裡還揣著食物，不停的往她那血盆大口裡塞，像頭豬似的，人家七婆也說了：就當一頭豬吧，人家母豬好歹也在豬圈裡啃東西，哪能像發嫂這餓鬼似的，走哪啃哪的，這東西總不停的往嘴裡塞，哎！非但七嬸八婆的看不下去了，就連叔祖輩的看了也只能直搖頭了。

大夥兒別笑，這事當真在槐南村街頭小路的，就是這麼演的，村裡的人笑聲越大，嘀咕聲越多，咱們發兒走路的樣子也越不成樣子了，連頭都不敢抬，縮頭藏尾的出門，再躲躲藏藏的溜轉回家，鬧的就跟做賊似的沒兩樣了，哎；俺瞧著瞧著，都同情起咱們發兒了，可同情歸同情，現實歸現實，自個兒婚姻的事總還是得自個兒去面對。

四

可能是有身孕的女人本身就焦躁，咱發嫂的脾氣是讓人越來越難估摸領教了，就一天傍晚時分，男人們下工三三兩兩聚在一塊的閒磕牙，女人們揣著鍋杓在廚房裡忙的鑽陀螺似的，這村落裡在這時間，這幅景象是正常的。

可是這一天正當大家閒散的時候，忽然聽到一潑辣的女人扯開喉嚨的嘶喊聲，如果咱大夥沒聽錯，這喊聲是這麼叫的：你這欠拍得爛黃瓜，縮著頭的龜男人，老娘今兒個不把你給剁了餵豬，決跟你沒個完，這話才一說完，大夥兒往聲音處瞧過眼去，哇靠，不得了！只見咱發兒雙手抱著頭，狼狽得四處竄逃，這發嫂則像個女夜叉似的，披頭散髮掄把鋼利的菜刀追著咱發兒跑。

大夥兒是瞧的一顆心敲著桿棒似的，波嗵波嗵的響，像是瞧著山裡竄牙的野山豬追著老母雞似的一齣活把戲。

今兒個咱發兄算是潑猴落水了。竄到哪兒村民是閃到哪兒。沒人敢替他吭聲，沒人敢過去拉合這對夫妻，發嫂算是打開狠婦這名頭，相對的，咱發兄頓時是沒臉見鄉親父老兄弟了，這戲尾話的對子人人會說，咱們再把場景給拉回追逐打鬥的戲碼上去，山上的獵戶都說了：發狂的野豬不好打，這獵野豬也得等撒潑過氣了再下手。合該咱們發兄命不該絕，堵著發嫂有孕在身，這發脹湯圓滾不遠，這鬧劇在遶了大半個村莊之後，發嫂終於腿軟，上氣接不著下氣的，脹紫的臉給癱坐在地上，這七嬸八婆的才趕緊挨過身手去把落在一旁的菜刀給撿了過去，有些長輩的也趁這緩氣的當下，扶起發嫂問個原委，這打雷刮風接下雨的，就是雙手抄水桶的，也接不及，眾人不問還好，這一問呀，乖乖不得了，發嫂是哭聲如豪豬，淚水是直竄似的倒下來，像是一古腦的怨氣都全給逼了出來。

隔壁嫂子問了說：這夫妻呀，吵吵鬧鬧的是尋常家事，至於嗎？還真鬧到刀子口上去了，這話說得中肯，但聽的咱們發嫂不舒心了，鼻孔裡竄著一口氣也竄著鼻涕說了：七嬸八婆眾家嫂子，你們得給咱女人評評理說句公道話了，咱一個女人家，打嫁到這槐南村以來，跟著自家男人吃苦受累自也沒話說了，但看著自家男人整日不上工淨混在酒葫蘆裡，我說各位婆嫂的，你們揪不揪心呀，再說來一股鳥氣，自嫁到他盧家，吃喝款項，全是自個兒打娘家帶來的款子墊著，原想著撐些日子等自家男人上了工，全家的花費就有個著落處，如今米缸著了空，炊糧告了底，這窩囊男人還是天天拽著褲帶泡著酒胡盧，各位婆嫂的，大夥兒給評評理了，咱女人家懷著胎的，這日子還能過嗎？我說咱發嫂這回還真不是瞎鬧來了，句句說的是讓人點頭的理，於是啦，這會兒當真是七嬸八婆的，都論起咱們發兄的不是了。

咱們這發嫂，這會兒師出有名，村裡的幾位長老私下找了盧啟發談過，說離村裡大約六七里處，新造了一個煉鋼廠，在籌募廠工，因為在鎮裡造廠，所以回饋鄉鎮，給了鄉鎮的每個村落六個幹活的保障名額，由於村幹是盧啟發的堂叔伯，所以留了一個名額給了咱發兄，這事也給發嫂漏了縫，讓咱發嫂知道。

大夥兒知道，那時候鄉下人生活單純，又習慣了農村幹活的農事，一般多數本地人都不願上廠裡去，可這回呀，咱發兄是求爺爺告奶奶的，也逃不過這回事了，這話是這麼說的，打村幹向發嫂漏了這縫，發嫂知道這回事的當晚，就磨利了刀口，等著隔天押著咱發兄去廠裡應這工缺，事情就這麼搭了，咱發兄從這第三天起，就成了這鄉鎮大鋼廠的員工了，也就白天裡大夥兒幹活，發兄廠裡上工的，待晚上下工時再聚一塊磋上幾杯，這槐南村總算平靜和樂下來。

不知道是咱們發兄轉了性，還是家裡要添娃娃多了一份要做父親的責任感，嘿；他老兄還當真天天上工勤奮的工作起來了，這時村裡人對發嫂的評語，也轉變了，都說了，這盧啟發雖然娶個母夜叉，但這母夜叉倒也是個旺夫的夜叉，才能改變這發兄淨混酒葫蘆的習慣。

日子當真過的快，一轉眼的幾個日子，咱們發嫂給發兄生下了一個胖娃娃，是個男丁，按村裡的習俗，哪戶人家添男丁，一定要備上長壽麵、發糕、雞腿、紅蛋跟油飯同村人分享並接受村人的道賀與祝福，這發嫂替咱們發兄生下的是這一房頭一胎的男丁長孫，所以這滿月宴酒辦的是極為熱鬧，村裡人是真心的為咱們發兄恭喜道賀，可惜各位沒看見咱發兄當天的嘴臉了，笑得嘴巴捌的都僵了，這初為人父的，咱們大夥兒就別跟他一般見識了。

做父親還當真有做父親的擔子跟責任了，咱們發兄將他兒子取名為金龍，希望未來他兒子能像一條金造的龍一樣有用一樣富貴，而他自己呢，性子轉的似乎變了個人似的，也少泡酒葫蘆了，工廠裡有缺工他就補上，有計時工他就加上，一股勁的死命掙錢。

這鋼鐵廠的工資穩定，福利又不錯，不像墾田農作，卯足全力還得看老天賞賜，運氣好呢，能過上一季的好日子，若是老天不賞臉，那就得苦哈哈的過一季，發嫂手頭有了綽餘，走路是仰頭看天鼻孔對人了，於是走路時她一對大奶子更晃，肥臀搖的似乎更厲害了，每當她提著魚肉經過市集，見著了有些婦女為了三塊五毛的菜錢拉著嗓子討價還價時，她嘴裡總會迸著醋酸的話糗人家，話說著，三塊五毛寒酸著。當真能肥了丈夫富了兒嗎，瞧瞧，哎，說的是婦人眼裡噴火外人聽著搖頭的話呀。

話說回來，不知道是咱們發兄厲害，還是當真屁股大的女人能生，發嫂在生了頭胎的隔年，又給懷了第二胎，全村的人自然又有了茶餘飯後的樂子了，有人笑稱發嫂是母豬體質，有人揶揄咱們發兄是飢不擇食，給鬼樣的新娘壓上癮了。這話是私底下說的，檯面上當然還是得客套的恭喜賀喜咱們發兄倆夫婦了，大夥兒說是不是呢？俺這話說得好像是損德了些，但事實當真是如此了。

五

打發嫂生了頭胎之又懷上了第二胎後，咱發兄是意氣風發踐了個二五萬似的，畢竟在一群泡酒葫蘆的狐群狗黨裡，就屬他有兒子，也算是光宗耀祖、祖先保佑、祖宗顯靈了，瞧瞧，咱替發兄樂的，都把話給扯遠扯渾了。

咱們上回不是說到，咱發兄自進了廠有了孩子之後，轉了性，沒日沒夜的拼了命使勁得上工掙錢嗎，這事就是打從這說起的，話說在廠裡，跟發兄同一組的，管著組裡工務的領班，是個外地來的，叫胡剛，也有人管叫他胡棍，在廠裡還挺照顧咱發兄的，打了四十幾年的光棍，一個人揣著破皮箱的，就來到這槐南村上工，因為讀過幾年書，又打過這工作，所以廠裡就給他編派了一個領工的職務，就在發嫂生下頭胎那時間，廠舍要大整建，叫一些廠工到外頭租屋先頂著。

這胡剛是外地人，一時間很難在槐南村找到著落處，而咱們發兄原本就是個好交朋友又極為仗義的人，衝著胡剛平日相處又挺關照他的，

於是那天工作時就對胡剛說了：胡大哥，你這住處不是一直沒著落嗎？若你不嫌棄，要不，就上俺家，大家湊合著窩一塊吧。

咱們說了呀，發兄就是發了這仁慈，揣個大石塊砸上自個兒的頭了，就在盧啟發說了這話沒幾天，胡剛果真收拾了一些換洗衣物搬到咱們發兄家去了，初到時見到發嫂這圓渾闊紅大嘴的鬼樣子，著實嚇的是差點沒拔腿就往外跑，在加上這發嫂一對雖細小但冷利的目光直愀著胡剛是直冒冷汗的，咱發兄見這光景，趕緊打圓場對自家媳婦兒說了，這就是咱廠裡的胡組長，跟妳提

的，平日挺關照俺的那一位，這一引介的，才把整場的尷尬化開來。

咱們閒雜話就不再細提了，就打從胡剛住進盧啟發家裡說起吧，這盧啟發與胡剛在廠裡是同一工組，原就淨日處在一塊，現今這兩號人物又住在一塊，下工後閒餘時難免喝上幾杯，人說呀，這耗子晃棍前，就是明擺著討打。

就一天，廠裡整頓機具，胡剛這組人員出工時弄了岔，被上頭督工查了下來，罵的是七葷八素的，於是重組機具搞到了老半夜，憋了一股鳥氣，人也筋疲力盡的，於是下了工，順路上胡剛跟盧啟發就切了幾塊豆腐干跟滷大腸，還帶了瓶二鍋頭，準備回家小喝幾杯，散散這一天積下來的一股鳥氣，我說月老喝老酒錯拿紅線也得碰著了。可這回月老沒碰瓷，倒是倆哥們碰杯給碰出事來了。

話說這一晚，胡剛跟盧啟發倆，沖完了澡，端了小菜提了酒，就坐在院子外對起了酒杯互吐晦氣，不一會兒，二鍋頭沒了，可這酒蟲剛被叫醒來，咋辦呢？嘿！還是咱發兄厲害，繞到了後穀倉裡搬出了一大罈的自釀純米酒出來，就這一罈呀，哥倆喝的是昏天暗地的，一蹋糊塗的了。

話說一罈倒盡，咱們啟發兄醉得不省人事，倒在屋外直挺挺的睡死了，而胡剛呢，帶著尿意，繞到了屋旁灑了泡尿，順著門檻半爬半滾的，想爬回屋裡床上睡大覺，可這一滾呀，半死不活的，精準的，給滾到了咱們發嫂的床上去了，各位別懷疑，這事就這麼渾，而且還是渾到底了。

這胡剛衣衫不整褲兜還沒套上腰，半露著下體，躺著床就昏睡過去，這一身酒味的，對咱們發嫂來說是見怪不怪的家常便事了，一對男女就這麼蹭著蹭著，這打了四十幾年光棍的胡剛，不經磨的，小老二給蹭得直挺挺的站直了，而咱們發嫂呢則因為發兄常老久不碰她，餓的是有如一隻淌著口水的餓狼，一見著了獵物，也不問清摸清的，就餓呼呼的直撲了上去，這一下，對胡剛來說，天呀，這還得了，彷彿直衝天堂似的感覺直衝腦勺，當然肯定是挺著鐵杵直賣力了，胡渾的當下，腦子閃過的是美若仙女的景像，於是乎嘴裡昏昏糊糊渾話的對發嫂說了：妹子，妳的美貌妳的身體可真是人間難尋，我胡剛一生一世愛死妳了。

話說胡剛嘴裡蹦出這句話來，是驚醒了半睡半醒的發嫂，可這男女之事呀，蹭到火時想退也退不出了，再加上胡剛的那句話，對從未被誇寵的發嫂來說是受用的，所以發嫂的表現是更加春心蕩漾，騷勁十足了，就這樣兩人搞的是火辣滾燙，熱力十足又筋疲力盡，全都使命抽直，雙方也獲得最大滿足了。

六

俺在這兒先喊聲喀，這情慾的細節呀，咱們就不細提了，也甭管這胡剛跟發嫂她倆怎地纏綿悱惻了，要不，俺真要被當成黃皮狼了，這後續的事也沒法提了。

咱再把這話題給拉到發兄這大家庭上，大夥兒不知道是否還記得？發兄有二兄一弟的事？老大在煙花街巷，噶屁噶得是風風光光的，老二是生病死的，另一個被當成是活濟公轉世的老弟，不是被送精神療養院給看收了。

咱似乎給忘了，發兄這號叫啟林的老弟，他的精神狀況是時好時壞的，好的時候，是靜默默的，是個精準的人樣，可這犯顛的時候呀，是指天咒地的，胡混瞎搞的，淨幹些是人都想不到的事。

咱們各位也知道，生下頭胎不久，就又懷上了第二胎，而在懷胎的時間點上，又是在胡剛上錯床之後不久的事，所以不得不讓大家犯上一個問號。

這盧啟林前前後後，進進出出精神療養院的無數次，人說了：人幹的鳥事，自認為無縫的，可就有老天爺瞪著一雙大眼睛瞧著呢，這人世間只要是人幹得好事，準都給記得清清楚楚的，一分一毛都別想賴的掉。

胡剛摸錯床上錯了咱發嫂，春風一宵之後，天還沒打亮，他老兄就揪著衣褲，半摸半逃的，溜出了發嫂的房間了，可這事就正當那麼巧，咱們這應世下凡的顛濟公啟林兄，正剛好在後院，手比劍指，腳踏七星，轉攸著忙著淨宅捉妖的事，就這麼瞧見了胡剛打發嫂房門竄出來的這一幅鳥樣了。

人說呀，貪雞的鼠狼在渾也懂的裝無事，這胡剛活到這把歲數，再渾也知道這事的輕重，他老兄精明取巧的倒是可以，再說了，要應付個犯神經的傻貨，他老兄自然像是吃了定心丸似的，鎮定不少。

這胡剛嘻嘻哈哈的，跟啟林兄應了幾齣鬼話神篇的，再佯裝託盧啟林替他收妖的，這顛瘋的盧啟林整個心思就全給引開了，咱是這麼猜測的，胡剛本人也是這麼想的，大夥兒可能也有同感，可事實到底怎樣，只有天知道了。

這樁渾事可算是這樣解決了，打那天起，也少見胡剛來發兄家串門子了，因為呀，不知怎地，這啟林兄一見胡剛跨進他盧家宅院，不是掄著菜刀就是操著棍棒，喊著收妖，對著胡剛追打，常常是追的胡剛跑得是滿身大汗，嚇屎嚇尿的，就這樣幾次下來，胡剛就不太敢再進盧家大門了。

七

這胡棍不再是胡棍，而是一個真正的男人了，只是這女人呀，搭得有點犯渾，離譜得有點像個二貨蠢蛋，但情慾這東西呀，總是個令人難以理解的領域，咱們發嫂打那天吃了胡剛那些蜜糖似的言語之後，嘿！她小女人似的當了真，犯了傻，失了魂，整日盼著胡剛夜裡日日與她纏綿，給她這哀怨的女人再送來暖心暖肺的蜜汁。

話再這麼說回來，這胡剛呀，人清醒時，瞧著發嫂，是渾身打冷顫，臉紫唇白的，根本豎不起胯間的槍桿，可邪門的是，當這老光棍精蟲充腦時，想著發嫂圓胖的身體，尤其是胸前的那一對大奶子，卻又忍不住垂涎了。

日子過得飛快，咱們其餘的閒雜話不再多說了，咻一聲，多少個日子飛過，就一天，發兄放了工，踏進門來，瞧見發嫂暈顛著身子，彎著腰悶吐，這夫妻呀，不論好壞，畢竟總歸是夫妻，咱們發兄挨過身去，問咱發嫂，是犯啥毛病礙著身體啦，要不扶你看郎中去，咱發嫂只是低著身托著豬一般圓嘟嘟的腮幫子，對咱們發兄說：沒啥毛病，只是近來特別想吃，吃了又特別想吐。

乖乖得攏叮咚，這話是聽的咱們發兄一頭霧水，心裡犯嘀咕，低聲咕隆道，那該不會是犯了邪沖了煞吧，心裡這麼想著，也沒再多注意了。

這時間過得快，發嫂病懨懨的情形一直持續了三個多月，除了臉色稍顯蒼白之外，這身材呀，不但沒見消瘦，反倒顯得更加圓胖了，這一天到頭仍是提著食物往嘴裡塞，吃個不停，隔壁王嫂是個心細的人，見這情形，好意的提醒了發兄，說咱們發嫂是不是再懷上胎有身孕了，這話一聽，發兄是犯傻了，這渾頭渾腦使勁的拼命的努力的想，真她奶奶個熊，自個兒酒後來勁犯渾的打槍，也沒撥過幾次種，想想絕不超過三次的，怎麼這鳥槍射的真她媽的準的邪門，當真就給懷上了，至於最後一次是哪時射的門，咱發兄是當真自個兒也不知道了。

幾天後的晌午，發兄領著發嫂，來到鎮上王郎中的醫館，讓郎中替發嫂號號脈，這王郎中瞇著原本就細瑣的眼，托著尖禿的下巴，翹著嘴對咱們發兄說了，恭喜你夫妻倆，媳婦確實是有身孕三個多月了。

這發兄原本吊著撲通撲通七上八下的心，這會兒，咚的一聲，霎時停了跳動，臉上的表情不是俺說的，說是笑嗎，倒像是孝子哭墳似的，垮著臉，說是哭嗎，又像是倒吊著餃子，嘴裡僵著，這臉上的表情還真不是一般人能形容的來了。

就這樣，咱發兄又要添子嗣了，這村裡茶餘飯後的話題又給添上一條了，有人確實存著好意，真心實意的恭喜咱們發兄，可也有損嘴的人，私下竊竊的拐著彎損人的說：這一張床不知道躺上幾個人擠著睡的，這種是誰的種都亂了套也認不清啦，這要等孩子生出來，挨著臉對對嘴臉才清楚的，我說，這哎哎哎，這話講的是夠酸夠損了吧，這不就擺明了說咱發兄是個綠頭王八了嗎。

人都說了，看著蝸牛背房子，駝著看著都累呀，發嫂的肚子是一天大過一天，奇怪的是，這胡剛被盧啟林追殺過幾次後，就不見那胡剛來發兄家串門子，在廠裡胡剛仍是本本分分的守著工作，平時上工，只是下了工之後，常揣著二鍋頭拉著發兄到工地不遠處的樹下撮小酒吃小菜，胡亂謅著到天暗地昏的。

大夥兒都知道，咱們發兄嫡傳這一代，這一房出的男丁，各個不成個人樣，噶屁的噶屁是顛的顛，唯獨盧啟發還成個樣子，大夥兒也知道，咱發兄打廠裡上工之後，就少混酒幫少扛酒胡蘆了，犯酒癮的時候也少了，可這些日子呀，盧啟發被胡剛整天灌著，不僅把咱們發兄的酒蟲喚醒了，也還得把他的酒蟲給養肥了。

咱們再把話頭給拉到發嫂身上，咱發嫂這一胎，養的似乎不太穩妥，常犯胎動肚疼的，三天兩頭的就得上王郎中那兒號脈養胎，果真如王郎中所言，早產，也就是說咱發嫂這一胎呀，才七月滿幾天就急著出來了。

就某天的深夜，村裡傳來一陣宰豬似的哀嚎，就這麼一回事，咱發兄的第二個兒子出生了，這胎兒生出來，是頭大脖子細的，吊著肚帶綹著一團，是不哭不吵也不鬧的，還得讓產婆費了好大一番力氣，他這才哭出來，確定平安出世。

八

啟發兄這陣子似乎有些反常了，照理說，添上兒孫是喜事一樁，理當是人逢喜事精神爽才對，可這陣子，在大夥兒眼裡看來，咱們啟發兄上工的時間似乎有點反常了，不是睡到大半中午的，就是過了上工時間才顛著醉步踱到廠裡去，要不，就是未到放工的時間，就醉呼呼的被廠裡的人給扛了回來。

這些日子下來，看到盧啟發的人都說了，整個臉腫脹了，一顆酒槽鼻也脹紫了，淨日眼睛總是瞇成一線，渾身酒臭味的，這光景似乎又回到了娶妻生子前，在泡酒葫蘆的景況了，而且是嚴重多了。

這情形看的，有心的人是搖頭嘆氣的，看笑話的則是有心無心的，補上一句，盧啟發這王八貨是沒救，算廢了。

沒養過酒蟲犯過癮的人，興許不知道，但上過酒當犯過酒癮的人都知道，這歇了氣的酒蟲一旦再被喚醒，這嗜酒的癮頭肯定是加倍的厲害，有人還尋思道，發兄前些日子不都還好好的，，怎地跑哪兒去餵酒蟲，還餵得這麼大隻了。

這盧啟發的事，先在這兒止住了，咱們再來說說他弟弟，盧啟林的事，這位啟林兄最近似乎不犯顛了，好端端的，人也精神了，只是出入盧家宅院時，身邊總多了一個妖豔的婦人，聽說這婦人年紀將滿五十，可一身的身材是該凸的凸，該瘦的瘦，長的不輸年輕女人，是細皮嫩肉的，盧啟林能搭上這號女人，也算是轟動了整個槐南村，也羨煞不少的老光棍了。

這一天深夜，槐南村的狗叫得特別淒厲，鬼哭狼嚎的，住在靠槐樹下涼亭邊的幾戶人家，深夜時彷彿有聽到一陣男人的打鬥聲、咒罵聲及尖叫聲，可就是沒人起身出來瞧瞧發生了啥事。

就在隔天的清晨，早起晨運的人們忽地發現涼亭外躺了個男人，面朝下，滿身是泥和血的，躺在地上一動也不動的，這景況嚇尿了瞧見的所有人，大夥兒以為出了人命死了人了，這一下還得了，幾個人連滾帶爬的，跑到村辦處，找了村保報告了這事，村保一聽，不得了，這幾十年下來，盧家境內打架鬧事是有，偷雞偷豬的也有，就正經還沒鬧過人命這一樁。

村保二話不說的，揪著村民來到涼亭邊處，喚幾個膽兒夠大的，挨近身把躺在地上的人給翻了過來，像翻死豬一樣，這一翻，哇靠，傻了眾人的眼，一下掉下下巴的就有不少人，好在俺見過世面，不然可能也弄的下巴脫臼了，各位說是吧，待大夥兒清醒過來，這才有人認出說道，這不是咱們村裡的瘋癲漢子盧啟林嗎，怎地被亂棍打成這副德性了呀，村保與啟發、啟林畢竟是堂親，這一聽，趕緊靠過身去，探著盧啟林的鼻息，這一探才舒了一口氣，轉過身來對眾人說道，這渾顛的二貨他還活著呢，人說活蟲人怕，死蟲人踏，這一聽，大夥兒才舒了一口氣，這死僵的氣份這一時才又活了過來。

眾人抬著這死豬一樣的盧啟林，忙的是急呼呼亂哄哄的，才將這顛漢送到了醫院，但對整件事是渾呼呼的，因為畢竟這事主還沒醒過來，再說就算他老兄醒過來了，能不能說清楚講明白，這還得是另外一回事了。

九

顛漢盧啟林被這亂棍攪了這一下，足足的在醫院躺了近半個月，一會兒活過來，村保就過來問他事情的緣由，可這瘋瘋癲癲的蠻漢子，是一下說妖一下說鬼的東拉西扯，扯的是昏天暗地的，就是扯不出一個所以然來，所以最終大夥兒是抱著一頭霧水各自散夥，不想再聽這些鬼扯蛋的渾話了。

不是有人說，這人衰呀，斜閃路邊還是遭人下咒放符的，盧家近來不知道是衰鬼上門還是遭人下蠱放咒了，盧啟發是喝得不成人樣，上工是做一天休四天的，廠裡的人事公文給盧啟發下了最後的警告，說他再不改進上工情況，仍還繼續酗酒的話，就真給他老兄下解雇令了。

這些雜瑣的事咱先暫時放下，因為今天槐南村來了一群兇神惡煞般的壯漢領著一個女人，一進村裡，就嚷著找盧啟林要到村辦處對話，當然，這槐南村的壯丁也不是各個都是好欺負的豆腐，眾人一雙敵對的眼神瞧著，一路跟進了村辦處，見咱們啟發兒醉著雙眼，領著他瘋癲的弟弟盧啟林進了村辦處，這一醉一癲的，就像那兩個傻楞的二貨，杵在廳堂，等著眾人宰割的模樣。

那群漢子裡面，有一個挺著諾大肚皮，凸頭的大漢，嚷著響雷一般的聲音發話了，說道：你們槐南村裡這瘋漢子姦汙了俺媳婦，俺來討公道，你們村辦還有當事人，自個兒看著辦，給個交代吧。

槐南村的眾人聽了這落話，循著聲音往那妖豔的女人瞧過去，這一瞧，嘿！大夥兒心裡有個底，也大概明白是個啥回事了。

村民聽那壯漢揪著女人這一喊，大夥兒心虛了，畢竟偷牽人家的牛，又宰了跟出去的羊，那就自個兒的不對了，槐南村的村辦公正，嚴厲的瞧了盧啟林一眼，問聲道：你這瘋癲子可真去搭姦人家的媳婦還讓人找上門來了？盧啟發這一聽呀，像有人朝他頭上澆下一桶冰水似的，整個人清醒了，這不但醒了，而且還醒到眼珠子都瞪出來了。

盧啟發這一醒，二話不說，哇靠，一個饅頭大的拳頭就朝盧啟林的臉上揮過去，這一拳打的盧啟林是眼冒金星，身體直打哆索，身腰子又縮的一副鳥樣，一看就比路邊的癩皮狗還不如更別說有啥男人樣了。

那禿頭的壯漢順這勢，又說了：你倆兄弟少在爺爺面前撥弄這饅頭砸包子的戲碼了，還是說說要怎樣補償俺的損失實際點吧。

這村辦公正啥鳥事都遇過，在槐南村就這勾姦人家婦女的事還沒遇過，雖然明白對方的來意，可也不敢大膽的出言，只得壓低嗓子放低身子，向對方討個意見，問對方要如何才能補償他的損失，這當綠頭王八的鳥氣才能消。

說來，這禿頭大漢還真是個豪爽的貨，見他比出兩個手指頭，說道，不多，俺就要這數，這事就算了了，這槐南村大眾和盧家兄弟倆，一看這數，頓時大家鬆了一口氣，村辦公正也馬上接道：好說好說，這二千圓咱一定叫這盧啟林給你送上門去，另外還準備一份賠禮一併送上。

鳥人鳥事敵不過一個牛人，這壯漢一聽二千元，馬上捉了狂。順手抄起一把椅子往村辦牆上一砸，說道：你們槐南村眾還真是齊眾坑人呀，啊！當善事了呀，就二千元打發一個被姦汙的人家，你他媽的，俺直說了，要二十萬，否則絕不放過這盧家二兄弟，這盧啟發這一聽二十萬，差點沒嚇尿褲子昏死過去，村人也只有張大嘴巴看戲了。

十

這天底下的事，就一個理字這麼一回事，理虧了呀，連屁都不能放了，要不，又得挨人屁話的轟臉炸炮了。

凸頭王八這一行人，很顯然的是有備而來，明顯設個仙人跳的局，拉盧啟林這號渾人往裡頭跳的，就連遮羞的補臉費也獅子開口，大的離譜。

這槐南村自遷到盧厝挖以來，還從未鬧過如此不能見人的渾事，就村眾大夥兒，各個為盧啟發兄弟挨這悶棍覺得冤枉，可誰又叫那癲漢盧啟林自個兒去搭姦人家幹這淌汙泥來了，礙著村裡人的面子，於是，任誰也不敢強出頭，於是盧啟發兄弟自是變賣了一塊祖產，送上人家家裡頭當遮羞費，這事才這麼給平息了。

從鬧渾事那天起，咱們發兄是喝得更昏天暗地了，這夫妻倆，三天兩頭的吵鬧，又變成村裡人人瞧著的活把戲了。

話說，這事主盧啟林他老兄也不閒著，這會兒，不瘋也不顛，跟著咱發兄一起混到酒幫裡去了，也每天扛著酒罈子過日子，這一過，精彩了，喝酒時靜靜的，悶悶的喝，那酒一喝完，村裡人個個都被他老兄罵的咒的一無是處，是人人有份，而奇怪的是，說到胡剛這號人物，這盧啟林他更是憤恨，不是掄刀就是拿起鍋杓碗瓢的要找胡剛對幹。

至於他們兩位大俠，何時能結上這麼大的深仇大恨，大夥兒是當真莫名其妙，也不知個所以然了，若問盧啟林這事，他老兄總是上天文下地理的瞎謅，是任誰也聽不出個誰是誰的，只是就常聽他啟林兄自個兒說道，胡剛這渾蛋讓他盧啟林當綠頭王八了，村人每一次聽這話，心裡都暗自發噱，嘆聲道：這盧啟林果然瘋的不輕，他光桿棍一個，哪來綠頭王八可當了。這話說的雖然是毒了點，但卻也說的合情合理了，各位說是不是呢？

槐南村自咱們這位啟林兄淌了這淌渾事出來，算是打開了知名度，整個村的婦女都用鄙視的眼光看他，村裡的漢子則多是有意無意的揶揄他幾句的，說這啟林兄拐矇婦女還送聘禮的，還得搞上那五十多歲的老螃蟹，也算是高手，矇著葫蘆當西瓜，差太多了。

話是這麼說著鬧著，有一事，咱必須跟大夥兒報告一下，就在那凸頭漢子鬧過沒多久，也就在這盧啟林開始混葫蘆幫沒多久，一天早上，又讓村裡人發現他老兄又躺在槐樹下涼亭邊了。這回呀，村人並不特別注意，全以為他老兄又是喝醉，攤在那裡睡大覺了，直到中午時分，這發嫂喊著她這小叔回家吃飯，這才發現，這盧啟林躺著的地方全是血，這一嚇，把咱們發嫂嚇的是，目瞪口呆的一時半晌發不出聲來，只能任雙腿直打哆索，就差不多三分鐘吧，俺自個兒猜的，咱發嫂才像見鬼似的嚎叫了一聲響，這一叫，全村的人大概全聽見了，也圍了一些人過來，這些來人一瞧，各個也像被下了詛咒成了木頭人似的表情，乖乖不得了，這不是出人命了嗎，不知道是誰先講這句話的，這大夥兒一群人這才全醒過來。

沒幾天，癲瘋的盧啟林驗屍單下來了，上頭寫著，酒後撞傷，內臟大量出血死亡，這幾個大字，人命一條，比狗風光些，總算還蓋上麻布蓋的這才拖上山，挖了個坑，往坑裡一丟，草草的就埋了，也怪不得咱發兄呀，因為他老兄在前不久，又遭廠裡解雇又賣地替盧啟林付賠罪金的，在這當下，手頭裡也實在捏不出半文銀子的，更別說想使什麼力了，現實歸現實，死的光不光彩是一回事，喪事不能風光的辦，更是實在事了。

十一

這閒扯雜索瑣事一堆的，咱先放下，再來說說發兄現在的處境吧，盧啟發為啥被廠裡解雇呢？按聽來的消息是這麼說的，說咱發兄纔收到解雇警告之後呀，他老兄不僅未收斂，倒更加猖狂了，這不說啥的，就按他常往煉鋼爐熔道上灑尿就夠大膽了，還常在機具旁放屎的，似乎是提黑狗血的對妖灑，完全是跟廠幹槓上了。

這事就這麼一鬧，在某一天的某一個上午，就在廠裡醉醺醺的被解雇了，讓人給糊裡糊塗得架著轟回他家門口去了。這發兄就算是一坨雞屎丟樹下，這麼不礙事的躺平了。

再說發嫂吧，她女人家見這發兄被抬回來的事，也不是一次兩次的事，見怪不怪了，她仍是磨她的指甲，搓完了事就晃到外院，捉了一隻肥雞，拉長了雞脖子，利刀往那雞的脖子上一送，利索的一刀，這雞是連叫一聲的機會都沒的，就上了西天見佛祖。等著燙水拔雞毛，做上一道辣子雞了。

發嫂是圓臀桶腰的，她吃力的費了好大一股勁兒，才哈的下腰去升上灶火，這火升起她才剛費力的挺起身子，忽地見這胡剛往門縫裡竄了進來，這一下，嚇到了發嫂，一時還轉不過來，以為這大白天的惡賊就敢上門來刮東西了，待一回過神來，胡剛往這發嫂的手一拉，就給拉到後院牆角去了。

這胡剛拉著發嫂往院子後溜轉的神情模樣，不是俺說的，這當真是像一對發情的公狗與母狗似的，既曖昧又特猴急的。

這來到院子裡，停下身來，胡剛對咱發嫂說了，俺來通知你一件事，你家啟發遭廠裡解雇給拎回來了，這話一說完，乖乖不得了，發嫂的臉，一瞬間是變了好幾回顏色，由白轉青，由青轉綠，再由綠轉黑的，這臉色變的是比川劇變臉的神技還更加神技了。

待咱發嫂回過神來，不見了胡剛的人影，這女人呀，肥歸肥，捉起狂來也當真像是蠻豬撞獵戶一樣，一拔腿一瞬間，發嫂提著一桶冷水來到發兄跟前，水桶往上一提呀，手把子一斜，往咱發兄睡得熟的臉呀一下潑灑下去，嘿！這一下當真來勁，咱發兄手腳亂划一陣，像是身子沉到大海裡，拼死掙扎一樣，這一下，人醒了，我說咱發兄不但醒了，也當真屁滾尿流的嚇醒也回魂了。

十二

槐南村這又活過來了，話是這麼說的，自從咱發兄給廠裡的人拎回來之後，這村裡酒葫蘆一掛兄弟是又到齊了，這村子裡還多了一項熱鬧的把戲可看，算是村裡的一項絕活把戲了。

戲是這麼演的，也就是每天不定時，這時間要是固定了，肯定也不會那麼鮮活了是吧？在不固定的時間，有時在發嫂家裡，愣她奶奶滴，咱潑辣的發嫂就打屋裡摔出一個酒瓶子，接下來就見咱發兄抱著頭從屋裡半爬半滾的給竄出來，咱說，發兄為啥要跑的這狼狽呢？各位，如果後頭有個發瘋捉狂的女人掄著刀揮砍追殺你，我就看能有幾個不半爬半滾的逃出來，這大夥兒知道咱發兄的苦衷了吧。

要不，就是這全身醉的軟趴趴的時候，被咱發嫂拎著身子用發兄的頭往牆上撞的，這一人撞的不夠勁呀，就連兩個寶貝兒子也一起使上力了，連拳頭往自個兒父親身上招呼也不是啥稀奇的事了。

這些絕活演的是全村一致一個評論說著，這盧啟發上輩子不知造的什麼孽了，養了一窩土豺狼。髮妻惡毒孽子屠父的，這把戲還不只這些呢，真要認真說來，我怕氣死各位，所以不說了。

這回，咱們來關心一下發兄的身體吧，這犯天條的，沒人疼沒人愛沒人可憐的醉漢子，喝的是全身浮腫，肚子隆突，肩骨架高，沒幾分人樣似的鬼樣子了。

這一晚，醉倒在涼亭裡，口裡吐著血，拉了一褲子帶血的屎，讓村人瞧見了，幾個好心的人，跑去通知發嫂，這婆娘連哼都不哼聲的，一副不理不睬的樣子，過了好幾個小時，村辦處的人看不下去了，這才向農戶借借了一口牛車把盧啟發運到城裡大醫院去。

盧啟發送到醫院不到二個小時，院方宣告不治，死因是肝癌大腸癌兩症併發，享年四十七歲。

咱說發嫂是聞訊哭死還是哭暈了，這醫院通知家屬領回遺體的，從發兄送醫到嚥屁，這胖醜的婦人家是連現眼一下都沒來，這遺體搞到最後，還是村辦處的人將他抬回盧宅去的。

眾人原想說一些安慰的話，可見的發嫂這一臉冷樣，大夥兒都深怕抵著熱臉去碰這個圓大的冷屁股就糗大了，所以大家也就點個頭，各自回家了，到那一晚大半夜的，這才傳來發嫂哭嚎大叫夾雜的咒罵聲，這一夜，槐南村感覺上似乎有點淒冷了。

盧宅現在冷冷清清的，從發喪到頭七前幾天也沒見來幾個人致喪的，現下人情呀，有錢人是鍋裡的螞蚱，熱著。沒錢的人呀，就是餿水裡的耗子，睹游。

發嫂打算頭七隔天就將發兄給葬了，所以頭七那天晚上，來了一些人，村辦的人、堂親、還有一些跟咱啟發兄生前都還處的不錯朋友，礙著交情，都來弔謁上香，就這胡剛也來了。

當著眾人的面，這胡剛是哭的一把鼻涕一把眼屎的，擰了好幾條毛巾這才擦乾了臉，這情況呀，顯得比自家親人都還親了，哎，真是個夠仗義的兄弟，難得，眾人是這麼說的。

也就這胡剛搞的，讓一旁好多人都跟著掉淚了，掉的是不多不少，分量剛剛好，這眼前有人見咱發兄還有這樣的一個好兄弟。當能照應他身後的家小了，似乎大夥兒、眾村人、鄉親，也都替咱們發兄放下心了。

可是這應了一句話，人說：上戲的掉淚，尚還有戲酬。黃鼠狼向雞問好，尚圖個雞腿。這話似乎一點也不含糊，裡裡外外就是個好字好詞。

十三

在發兄下葬的前一晚，也就是頭七這一夜，整個盧宅舉喪的宅落，被胡剛這鳥貨，演了這一齣活把戲，總算是有點像舉喪的喪家了。

胡剛使勁的費力的哭上這一回，也算是沒白費力氣了，眾人看完這齣戲也漸漸散場了，這眾人一拍屁股走人，正戲來了，我說：天大的事，只要在檯面上演的看得見的，那只能算是個鳥事，這檯面下看不見的才算是個事，不知道大夥兒是否有同感？

胡剛這事到底是個怎麼一回事，大夥兒接著看吧，川劇變臉的把戲不知道各位看過沒，這眾人一散夥呀，胡剛的臉馬上一揭，這一回臉是變的，鼻涕也乾，眼屎也乾，斜臉歪嘴的淫笑嘴臉，這讓人看的是保證想吐，這是發兄他八姨婆這老人家看見後說的，至於有沒有誇張，俺也就不知道了。

夜深了，村裡人似乎都睡暈了，村下也整個一下子靜下來了，這時胡剛呀瞧著發嫂，咱發嫂也瞧著胡剛，二相坐著瞧著對方，發兄的孩子都早早躺在後院房裡睡死了。

這事來的巧不如來的好，村外槐樹下的一隻老野狗，不知是尿急還是噎著了，淒聲的豪叫了一聲，這一叫，倒把咱們發嫂嚇的跳進了胡剛的懷裡頭，也不知怎地，啥時啥地，槐南村這潑辣出了名的灑潑女人，怎地變成那麼膽小了，哎，乾米白飯的，咱們就配菜吃，雜事也不能給人亂扣亂戴帽子的，就這樣的。

可是，事是這樣想這樣說的，但似乎胡剛跟發嫂的渾事可不是這麼演的呀。這胡剛兩隻手，一把摸奶一把摸捏著肥嘟嘟的大圓臀，這發嫂也不灑潑，只是嘴裡嗔罵著胡剛，說道：你少沒正經了，這靈堂上的幹啥呀你，說是這麼罵著嘴，怎麼就感覺這女人還挺舒坦的一點都不推辭呢，各位，別誤會啊，這話不是我說的，是咱們發兄家，親堂八嬸經過，往裡頭一瞧，撇見了，跟村裡大夥兒說的。

這摸著摸著，胡剛是精蟲充腦，讓一把慾火給燒上了，這兩手往發嫂身上的衣服一剝，轉身一按逕自騎上了發嫂身上，下身開始抽動了起來，這發嫂想必也被慾火燒壞腦殼了，嘴裡爽的是半哼半喊的說不要，可下半身卻也使勁的迎合著胡剛下體的抽動。

這胡剛跟發嫂邊幹這事，邊說著道：當著他靈前，來場活春宮，我操他女人，咱就給你那死鬼不中用的男人看看，讓他瞧瞧我這兄弟有多仗義，這幾年來我幫他餵飽了妳這娘們，花了我多少精蟲了。

話咱也不多說了，就在盧啟發下葬前一晚，胡剛與發嫂在他靈前演的這齣戲，這盧啟發總算看得清清楚楚知道個啥回事了，不僅咱發兄知道了，就俺剛才說的，發兄的堂親八嬸、遠房姨婆的，都在門縫外撞見了，這姦情渾事，隔天清早全槐南村的人自然也都知道了。

所以這盧啟發下葬這一天，沒人來送葬，一路上只有扛棺的、胡剛跟發嫂子女一行人，村人是能閃的閃，這不小心撞上這一列隊伍的人呀，都還得吐一口唾沫，說聲倒楣了。

十四

打胡剛在盧啟發靈前跟發嫂上演那段活春宮之後，這胡剛與發嫂之間的關係可說是公開化了，所以說胡剛進出盧家宅院已經是見怪不怪，理所當然了。

在這兒俺必須跟各位說一則消息，這槐南村自鋼鐵廠成立之後，陸續又有許多的廠家進駐，在村裡附近設廠，更成立了加工出口專區，由外地來這兒謀職的人陸續湧進，這建設商人看中了這裡房地產的商機，於是大筆大筆的收購了槐南村包括鄰近的土地，投資建設樓房，一時之間，槐南村也就變成了繁榮的市區中心，這一下，有土地的盧家本地子孫，個個成了土豪，按外地搬進槐南村居住的人的說法，本地姓盧的，個個都是有錢人。

這陣子胡剛進出發嫂家似乎特別頻繁，顯得特別忙，也不定期的帶著一些著西裝打領帶開名車的人來發嫂家串門子，似乎是破窯住著裝窮的人一樣，那麼有人氣。

原來，這八嬸那天才說到，咱發兄過世嗝屁之後，整個盧家的產業，全由發嫂跟子女繼承，有人這下不得不承認，這下臭溝裡翻出一個全身穿金戴銀的富豪了，難怪這些開名車的富商，一點都不覺得發嫂家的舊宅臭了。也就是說，大家都知道咱發嫂是真的成了發家的發嫂，是大發特發了。

這幾天，發嫂家陸陸續續的來了幾批工人，拆牆的拆牆，修瓦的修瓦，這忙活了二個多月，哇靠！咱發嫂這宅院整修的是發家大宅邸，有門有面的，這整村的人全傻了眼嚇了尿，怎地短短的時間內，這一團肉球的潑婦就全鑲金戴銀了，是羨煞了不少人家。

接下來的日子是更精彩了，全村的人見這發嫂一戶大戶人家的模樣，天天設席擺宴的大吃大喝，見者有份，吃不完的就倒掉，這一下冒出許多親朋好友，天天熱鬧乎乎了，這盛況，我說呀，如果是開食堂的賣家，能有這樣的人氣，咱保證不出兩年，這食堂鐵定大發特發。

時間過的快，發嫂身上穿金戴銀，日日豪宴的這光景，咻一下，過了三年多，這三年多來，胡剛再也沒來過盧家一次，人說：放屎拉的空肚子，坐時能吃上一座山，這叫啥呀；這叫坐吃山空，近日來發嫂眉頭緊蹙，三番兩次的上鋼鐵廠找胡剛，但得到的答案都一樣，廠裡人都對發嫂說，這胡剛呀三年前老早辭工不幹走人啦。

這事兒聽的是讓發嫂青皮紅眼的，疵牙裂嘴的咒聲罵道：這死狗狼皮的東西，老娘逮著了非剝你一層皮，這尋人是一回事，金子銀子全花光了更是一回事，近日來，發嫂慜急了，開始變賣家裡值錢的東西，也開始問人舉債囉，問題是，她跟胡剛的醜事在加上發達之後一番目中無人囂張的嘴臉，打死裡村人根本沒人願意理她，這叫什麼來著，應該是叫，三天風三天雨風雨同襲缺蓑衣吧。

大夥兒都等著看咱這發嫂的笑話呢，這天，好不容易，發嫂從廠裡資卷室要到了一份胡剛老家的地址，這二話不說的，發嫂提著簡單的行李，朝胡剛老家尋人去啦，顛顛簸簸的盪了一天的舟船，尋到了胡剛在資卷室裡留下的地址，一看上去，這門面就是個破落的瓦屋，就怕這手指往牆上輕輕一敲，整座屋就給塌下來了。

這光景弄得發嫂一陣狐疑，朝這村上的人打聽，人家都同一個說法，說這胡剛三年前發達了，在城裡購了豪宅養了三個女人，過著富人的生活去了，至於在哪個城哪個鎮當真就沒人知曉了，發嫂聽了這話，一下暈了頭青了臉，這積在心裡頭的答案解了，她原來六畝良田全被胡剛脫了手，騙她只賣了一畝，這是發嫂土地全被剷平蓋樓之後，這發嫂才知道土地全歸了別人手裡了。

十五

槐南村住了一位四處乞食，撿拾垃圾的瘋婆子，這是大家對這將近七十歲老婆子的感覺。也常聽她口裡喃喃的碎念著，盧啟林啊盧啟林，怎地我跟你私姦生下的兒子，全跟你一個樣，一個長的豬一樣的身子豬一樣的腦子，就全不會謀事，一個是跟你一樣的瘋癲樣，沒人敢找他上工，自己當年當真是被豬狗姦了當趣事的活造孽呀。

有時還見這老婆子指天罵地的痛哭、嚎叫，你這胡剛，你操翻了我的身體，也操翻了我的家業，我就咒你，一輩子咒你。

我說：這貓兒遇見鯨魚時，不知道是貓吃鯨魚還是貓被鯨魚給吞了，俺見這老太婆，也就是咱現在的發嫂呀，哎，咱不再說了。

伍、含笑

一

山東濟寧是個人稱孔孟之鄉，禮儀之邦的地方，雖然東北大漢跟妹子說話的嗓門大，心直口快，但心地卻是善良的。

在濟寧往北一個叫東平鎮的地方，住著一個叫李嫂的女人，她是一個寡婦，很年輕的時候就守寡，一直沒再嫁，獨自辛苦的拉拔一個小女兒，她幫人打雜工母女倆過日子。

在她四十歲那一年，做完工事回家路上，看著路邊樹下裹著一個小包毯子，隱隱約約的還聽著嬰兒的哭聲，這李嫂挨進打開毯包一看，不得了！這裡邊包著一個小嬰兒，小娃娃哭得臉色紫脹的，這下嚇壞了李嫂，她橫豎的四下打望，看著是不是有人將孩子遺落在這兒了，還抱著娃娃四處問著，可沒人知道這事，人說什麼來著，一個天生的善人，自有菩薩的心腸，這李嫂看不下這小孩一直哭著，深怕哭出小人命來了，就一呼勁的趕緊抱著小孩回家，先熱碗小米粥湯餵養這

小孩，神奇的是，小娃娃天生似乎與李嫂投緣一般，打抱回家餵養粥湯之後，就不再哭鬧，只管瞇著眼捌著嘴對著李嫂直笑。

折騰了好一些時間，看著小孩糊著臉小睡醒來，李嫂這才想到要替小孩洗個澡換一身衣服，看著這漂亮的小娃娃，李嫂是滿心的憐惜，打開包毯，我說各位，這天大的事發生了，這是一個小女娃，漂亮的臉蛋，但四肢萎縮，只有左手還算正常一些，看的李嫂驚嚇的傻呼了，天見猶憐，可憐這小女孩。

二

李嫂心裡直覺，也總算有些明白了，這是一個棄嬰，一個遭父母惡意遺棄的棄嬰，那一晚，為這女娃娃洗完澡換上自個兒女兒小時候的衣服，李嫂對這女娃更加憐惜了。

上天賦予一個人生命，必有其可取之處，小娃娃除了身上的殘缺之外，整日是不哭不吵不鬧的，多些時反而都是捌嘴笑著，李嫂看著她秀氣可愛的臉，便為她起了個名叫含笑。

帶女娃回家之後，李嫂的擔子更重了，沒人看顧小孩的情形下，她必須背著小娃娃上工，一邊工作一邊照顧著，很多人不以為然的酸了李嫂說道：一個人扛家帶個女兒已經不容易了，這會兒還找來這殘缺的東西帶著，想著呀，李嫂，你養大她了，可是這女娃的身體，妳能照顧她一輩子呀。

不是俺說的，李嫂周遭的朋友說的話雖酸，可也是個實境呀，可是這老一輩的人又說了一句話：寧願養一隻死忠老狗，也不願養一個狼皮獸心的要債兒啊。

那一年，李嫂親生女十六歲，這李嫂抱含笑回來的第一天晚上，李嫂幫含笑洗玩身子換衣服的時候，李嫂的女兒李瞳看見了含笑殘缺的身體就大叫：養這樣的東西，家裡肯定犯倒楣，直嚷著要李嫂再把孩子弄出去丟了，李嫂當然肯定不會那麼做的，所以這會兒，大夥兒猜對了，哎，這小含笑是注定要被李瞳欺負的命了。

小含笑打第一天進了李嫂家裡，與李嫂及其女兒李瞳結下這緣分之後，前面跟大夥兒說過的，李嫂的擔子更重了，工作還要照顧孩子，李嫂因為過度操勞，這眼圈是黑的比熊貓更加熊貓了。可這李嫂卻甘之如飴，尤其是見到含笑的樣子，心裡頭對這孩子更加憐惜。

日子過得快呀，含笑來李嫂家一晃三年，李嫂對這孩子是照顧的非常好，可是有一點讓李嫂心裡老悶著一個問題，這為啥好端端的一個孩子，這身體老是這青一塊那紫一塊的，她還小，當李嫂問她身上的傷是啥回事，這小含笑總笑著搖頭說：玩玩，不痛，就這兩句話塞給李嫂，一直以來都這樣。

這一年，含笑三歲，李嫂女兒李瞳滿十九歲了，就一天晚上，李嫂出門回來，撞見李瞳對著小含笑扯髮搧臉又掐身子的，就這情形，看的李嫂傻眼，李嫂知道了，原來含笑身上長期的傷，就是這回事了。

對著自己女兒能幹出這些事，李嫂愧心極了，一下子也長了暴怒，所以這一進門二話不說的，兇狠狠的就朝女兒搧了一記耳刮子過去。

我說李嫂這一火大，力道自然下的不輕，也當真是搧出一件鬧事出來了，這女兒李瞳哭著母親偏袒撿回來的怪物，從不疼自己的女兒，當晚就當著李嫂的面直說道：她李瞳再也不要這個家，不要她這母親，也不要每天在這兒吃著粗飯、菜渣子、豆腐麵皮的過日子了。

哎，這話呀，說的李瞳是臉紅脖子粗的，但李嫂聽的是淚流滿面，撕心裂肺的，俺也不知道該說啥了。

三

就在李瞳與李嫂鬧完脾氣的隔天，李嫂一如往常急著打點小孩早上的飯食，趕著上工去，她臉朝李瞳的房間喊了幾聲，就是沒人應聲，李嫂心想，小孩子一屁股烈火脾氣的，肯定還鬧著，心裡這麼想，也就不再喊，逕自出門上工去了。

這天傍晚，李嫂領了工資，下工之後心裡惦著女兒小瞳的抱怨，還特地繞道市集買了一條青花魚、一塊五花肥肉，想說替孩子加個菜讓女兒樂一樂。

一走進門，屋裡黑漆漆的，一面門半掩著，地上只坐著含笑手裡捏著撒了一地的白飯，摻著砂子往嘴裡塞，這下李嫂真慌了，連忙跑到女兒小瞳房裡找人，一進女兒房門，看到的景像是翻箱倒櫃的，依俺說的呀，被十幾個賊漢子搜刮過的房子也大概不過如此而已吧。衣物只剩下幾件，就像小含笑一樣，甩在地上不理不睬了，原先李嫂只以為小女孩子使些潑發些脾氣過幾天就回來了，可這回呀，李嫂估算錯了。

一晃，又三年過去了，這一年，含笑長到六歲大了，李嫂因為思念掛心女兒，日夜淌淚，把一雙眼珠子都哭模糊，再也瞧不見東西了，總得摸摸索索的慢慢行走，俺跟各位說實話，其實李嫂是算瞎了。

咱們小含笑長到六歲，臉蛋依然笑臉迎人，依然可愛引人憐惜，可是這身體四肢萎縮的樣子更嚴重也更加明顯了，好多街坊鄰居都說了，這老天折損人呀，怎地一個好好的女孩子可愛的模樣，卻配得這樣一個身體，鄰人嘆是嘆，但也莫可奈何，只是街坊對小含笑一向真好，有吃的有玩的，那些叔叔伯伯都會塞給含笑一些，這也算是一種不幸中的幸福了吧，對這小女孩來說。

四

在李嫂同一鎮上，有一個叫李東聖的男人，長的是高大英俊，但就是一條腿不能使，是個殘疾人士，聽說是小時候跟父母幹農活摔斷的，所以這李東勝打小時候就跟同親堂嬸婆學做手工藝品，他的香包香火袋做的是非常精巧，各大寺廟都還來跟他訂製。

聽說啊，這李東聖跟李嫂是一對青梅竹馬的伴，兩人小時候感情特別好，時常混一塊玩，李東盛私底下對李嫂是深有愛意，可打從他的腿摔斷了之後，可能礙著自尊心作祟，就不再跟李嫂往來了，自李嫂嫁人之後，兩人見面仍還算是一般朋友一樣，打個招呼問個安的，客套的扯幾句話而已，不過就村裡的人都知道的，李東聖一直單身不娶其實是為了李嫂。

大家也知道，李東聖其實私下是非常關心李嫂的，只是礙著李嫂是個有夫之婦，有家庭的女人，他這一個大男人的，仍不好往中間再插一堵牆，怕壞了人家李嫂的名譽，大夥兒瞧瞧，這多貼心的男人啊。

老一輩人說的一句話：活耗子遇上獵夾子，卯上了，是走也痛，不走也痛的。這李東聖現下的心情就跟遇上獵夾子的活耗子是一模一樣的。怕這話讓人給傳醜了，這當下，李嫂好好的一個人，眼睛又給弄瞎了，李東聖當真是坐也不是躺也不是，活跳著過日子了。我說，丟了香火錢和尚不急，急死捐香錢的，就這麼一回事。

這一天，李東聖在堂房手工室裡，想出了一個好法子，這下樂的他老兄覺得這些日子以來，他在房裡踱來踱去的是沒白踱了，李東聖想到，李嫂沒法上工了，日子鐵定過不了，含笑才又六歲大，自己又沒啥名義將她們接過來一起，所以他自己巡往李嫂家走一趟，對李嫂說：他這陣子手工袋子的生意弄不過來，需要人幫他上街上幹兜售的活，希望李嫂跟含笑能幫他到市集廟口兜售香包香火袋，其實說真的，李嫂心眼裡挺明白的，這是朋友伸出的援手，也不好回絕，所以這活就給定了下來，自此每天李東聖就帶著李嫂跟含笑到廟口前市集裡兜售香火袋了。

李東聖這做法，贏得了全村人的誇讚，直說他是一個好男人，也有熱心的叔嬸姨婆更直接，乾脆公開撮合起李東聖跟李嫂再續一段婚姻喜事的，可這事還是這麼懸著，一來，李東聖看著李嫂的心情，不好提這事，二來，李嫂本人還真是打心底沒這心情搞這淌事，所以木頭柴火兩邊放著，也就擦不出火來了。

李東聖最近變忙了，可是這男人啊是忙的特高興的，火火烈烈的勁氣，透著笑臉給衝了出來，這是大夥兒都感覺得到的，話說他一天三餐張羅李嫂跟含笑的飯食，在工作上，除了他自己跟寺廟的既有訂單之外，還得額外的趕工加一些活的份量，做出李嫂跟含笑母女倆兜售的量，這一忙，真是忙昏了頭，可他老兄每天卻樂得嘴巴像掛著二五八萬似的一張笑臉，連俺看上去也跟著樂了。

這樣的日子一晃，二年過去了，這含笑八歲了，李嫂心裡日夜想得親女兒李瞳合該也二十四歲了，李瞳不在家裡，可李嫂卻是天天晃到女兒的房裡四處摸摸捏捏的，要不，就坐在裡頭發呆，坐著好半晌才出來，小含笑也天天對李嫂說道同一句話：媽，姐姐很快就回來的，妳別擔心了，每說這一句話呀，哎，李嫂的眼淚可又止不住簌簌得直淌了，俺真得有股衝動想叫咱這小含笑再也甭跟她娘說這句話了，可真是的，俺還當真是說不出口來的。

李嫂家的女兒李瞳，一走至今全無消息，這鎮上有位常往大城市洽商做生意的村人李順，曾說，在兩年前上城裡與客人在酒店尋歡時，瞧見一個神似李瞳身影的女孩子，摟著男人被帶出酒場，當然，這樣的畫面，這樣的猜測，大家是不敢讓李嫂知道的，只是村裡人均默默的猜想或認為，這李瞳肯定上大城市淪為風塵女了。

五

說到這李瞳，與李嫂熟識的村人都罵他這小女孩真不是個東西，而李東聖其實好久以前就託人四處在打聽李瞳的下落，卻一直找不到，說這李嫂的命呀，人說：運能轉，命會改，但事還是得幹才能成呀，李東勝算是用心盡力了。

這一年春天來的早，算得上是早春，可是這天氣仍十分冷冽，這天，村裡朦著霧下著春雨，李嫂跟含笑沒出門，兩人一起捏著麥米粉準備蒸麥餅，忽然門外一陣汽車的引擎聲轟隆了一下子這才停下來，車子裡走下一個身材高挑臉蛋細嫩但一身妖豔裝扮的女人，俺跟各位說呀，是李瞳回來了，這李嫂的女兒李瞳離家八年多，第一次回家裡來了，是一個中年禿頭的男人用一輛非常豪華的車載她回來的，由於這天下著雨又曚著霧，所以村裡幾乎沒有人瞧見李嫂的女兒回來。

這李瞳一走進家裡，就用手掩著鼻子，蹙著眉頭咕噥說道：都好幾年了，仍是這副破落寒酸的窮樣，滿屋的豆腐渣皮味的薰人，待李嫂出聲問了，誰呀？這李瞳才轉頭對李嫂說：媽，我回來看妳了，這李瞳還不知道也全未查覺，她母親瞎了，還滿心不在意的，各位，容俺在這兒先罵一句，這真他媽狗娘養的不是個東西。

這李嫂一聽是自己女兒回來了，激動的淌著滿臉淚水的，要過去牽李瞳的手，可是她這雙眼睛又不聽使喚，這一衝的，倒摔了個撲地龍，閃了腰身，這李瞳見這模樣，才去攙起她娘，輕聲道：多大年紀了，也不小心一點，呀呀，瞧這話說的欠不欠扁呀。

李瞳將她母親扶回椅子上，亮開了天窗，倒也爽快，直截了斷的說明回家的用意，她對李嫂說了：我就要結婚了，這趟回來是要來拿回父親留下的產業的，因為俺欠了賭場的債，再不償還人家要跟我沒完沒了了。

各位聽聽呀，瞧這小惡女說的，要拿回她爹的產業，她爹何時留下產業了，不就是咱李嫂現在住的這一間殘破的屋瓦房子嘛，要認真說來，這瓦屋還是李嫂四處打工攢錢掙來的呢，這蠻女說的，變成她該有的產業了，各位說，這不是氣死人的話嗎？

這話說得李嫂白了臉，寒了心，說準了一句話，夜叉登門索命，是沒得商量了，果真這李瞳不愧是個沒心沒肺得狠角色，李瞳進逼母親又說道：妳若是我母親，不想見自己女兒在外面被人給剁了，妳就簽了這份讓渡書吧，說著，打那凸頭漢子那兒拿出一份讓渡書要她母親簽字，說客氣點的字眼是要，依咱說的呀，這根本是逼著她母親上索吊死自己，強逼強索了吧。

對不起，各位，容俺再罵句髒字，死娘臭婊逼人操死的貨，去死吧。話說回來，這一時半晌的，李嫂始終低頭不語的，現下開口只問一句話：瞳兒，這些年來妳過得好嗎？想家嗎？說的悲啊。可這李瞳嫌這套是題外話，直接了斷的對李嫂說了：咱過得好不好是咱的事，只要妳不想見我被砍死，就快簽了吧，就八年前妳為這小妖怪給了我那記耳刮子，我就當自己的母親死了。

哎，天下父母心啊，這話叫人多心寒啊，為了一巴掌，斷了親血緣不說，這一回來的說的第一件事，就是要回家拿房子，也不管自個兒母親這一簽字，是否還有棲身之處了。

六

李嫂的手是顫抖的，這隻簽名的筆拿在手中猶如千斤重一般，淌著淚的心情是撕心裂肺的，為了補償的心態吧，這字，李嫂還是簽了，凸頭男子望著李瞳，斜睇著眼，得意得露出一絲鄙笑，李瞳轉身對李嫂說了：媽，這也不能怪我，只能怨家裡窮，沒法滿足我的理想，人家說了，要妳們三天內將東西淨空，搬離這裡。

嘿，這不是人卻有一副人樣的東西，說完這話轉身就走了，屋外車子的引擎聲漸小，李嫂呆坐的心卻出乎意外的平常，當真平靜得好像會搞自殺的樣子了。

李嫂這事她也沒對誰說，只是她帶著含笑從家裡搬到堂親家山後的豬圈時，有人問起，這李嫂均笑著臉跟人說呀，咱家裡需要整修，先來這兒住一陣子，起初村人大多相信了，可住到第二個月，村裡人見一群陌生的外地人來剷平李嫂房子的一瞬間起，才知道李嫂這房子已經被她女兒李瞳賣了，這下全村人都火了，各個嘴上噴火加油的，熱烈得罵起這李瞳，有人說著：養條豬能賣錢，這豬也不能回來賣人的，這李瞳真連豬狗都不如了，連自己母親的肉跟骨都一起啃下肚了。

李瞳這事鬧得沸沸揚揚的，當然李東盛也知道了，這一下李東聖當真火了也當真急了，就在第二天，李東盛託了春嬸往李嫂那兒走一趟，說他李東聖按禮數要名媒正娶將李嫂帶回家當過門掌家的媳婦，哎，說這情債難理，可還真是令人難猜難解的，李嫂可能打心裡覺得，李東聖是衝著她現在的處境，同情可憐她，這才做下的決定，所已回絕了春嬸的媒說，我說這點，俺跟村裡人都可以做證的，其實並不是這樣的，俺前面就有提過，這李東聖是打孩兒時期就愛上李嫂了。

這一年，含笑八歲，這一晚，也就是搬進豬圈的第三個月晚上，在夜裡有人聽見李嫂那裡發出喊救命的聲音，有人去跟李東聖報信，李東聖跟幾個村人以為出了啥事，所以眾人拿著棍棒齊往李嫂那兒衝過去，這一到，眼前眾人看到的景像是，李嫂跪倒在地上，含笑蜷縮著身體，眼睛倒吊翻白，嘴口緊閉咬唇咬的淌血，眾人看這景象全傻眼了，直到有人說：快將孩子送醫院，這一行人才又醒過來，留下兩個女人家陪李嫂，李東聖的堂親旺哥，一把抱起含笑拔腿往鎮上的醫院跑，趕緊將含笑送醫去了。

含笑送醫後，經過醫生診斷，說含笑這是癲癇，也就是一般民間俗稱的羊癲瘋，這也才知道，含笑除了身體的殘疾之外她還患有先天性癲癇，八歲這次是她第一次發病，經過醫生的診治照料之後，拿了一些控制的藥物，這就出院了。

村裡一些叔伯姨婆的，基於好心，大家都勸李嫂，為了含笑的照料及安全，索性就答應李東聖的媒說，這人總是有脆弱的一面，一個女人家帶著殘疾的小孩，這當真是打燈出門，燈滅眼前一片黑的，毫無方向感，如果含笑是個健全的孩子，那跟著李嫂在外面，這苦還過得去，如今這殘疾加癲癇的，這使李嫂不得不拿定主意了。

含笑出院的第二天，李東聖帶著幾個人去幫李嫂她們搬行李家當，其實說家當，也不過就是幾個破舊的鍋瓢碗杓，兩包換洗的舊衣物罷了，主要的是李嫂婆家的祖先牌位，就這些了。

大夥兒知道，這李東聖的原意是要咱李嫂過去當他家過門媳婦的，也就是替他掌家，做這一家的女主人，可李嫂呀，這不是我說的，就在她進李東聖家的當晚，他就對李東聖說明自己的心意，她很感謝李東聖對她伸出援手，可是她仍要靠自己販售香火袋來扶養含笑。

這驢一般的脾氣，說強起來，可還當真看著還不是鬧著玩的，李東聖拗不過李嫂的堅持，只好每天仍是送著她們母女每天到廟口市集販售香火袋了，唯一令李東聖高興的是，至少他能跟李嫂母女住在一起，就近照顧她們了。

時間過得飛快，李嫂到李東聖家裡，刷得一下子就過兩年了，這兩年來，李嫂總是沒事找事，儘量讓自己忙著，大家都知道，其實她一個女人家，這是用忙碌在掩蓋自己的傷痛，因為這時的李嫂不再是親女兒還在時的李嫂了，除了先前傷痛所帶來的眼疾之外，這李嫂現下就像根竹桿子似的，整天也說不上幾句話的，背也駝腰也彎了，不是俺說的，根本活得像具剩下一絲脈息的活死人一樣了，大夥兒真是替她擔心犯急了，這熟識李嫂的人，勸也勸慰也慰的，仍是如此一般，身體是每況愈下，愈來愈嚴重了。

七

這一天早上，李嫂每天上工的時間到了，李東聖仍不見李嫂出房門，這事村野夫必須跟大夥兒解釋一下，其實李嫂自進了李東聖家門那天起，從不曾跟李東聖同房睡過，他只是跟含笑一塊住在李家後院得一個客房裡。

這李東聖今兒個見李嫂沒起身，心裡反倒想著，能睡是個好事，該讓他多睡一會兒，嘿！這心念才剛從心頭閃過，就聽見含笑的叫聲啦，這含笑急促的叫著：聖叔，聖叔，快來呀，我媽病倒了。乖乖不得了，這話聽的李東勝差點嚇尿了，趕忙起身往李嫂跟含笑睡的客房衝過去，這衝的狠勁呀，就跟搶彩的那種狠勁是一樣的，因為當下李東聖的神情跟動作，俺也無法貼切的形容給大家聽了。

李東聖因為只剩一條腿可使喚，真要急速得跑那是不可能，所以他託鄰居先將李嫂送鎮上市集馬郎中的醫館，自己隨後再趕過去，一到醫館這馬郎中是認真的號脈，可真切的是號不出個啥毛病，因為咱說的呀，這李嫂當真也真是沒啥毛病，這郎中真要能號的出病來，那才見鬼了。

其實馬郎中跟李東聖大略講了一下病情，這李嫂是營養失調加上肝氣鬱結所導致的心神氣虛，郎中要李東聖回去多開導李嫂的心思，多加強飲食方面的營養，其實這些年李東聖也知道，問題是，這是李嫂本人的問題呀，郎中說的是句句中箭，只能說李嫂是要耗損自己的生命了。

一個人呀，心志若死，還真是神仙也救治不了的，打醫館回家之後，李東聖是天天煎藥加食補的照顧李嫂，但就是不起色，反倒是上氣不接下氣的，好像是隨時都能嗝屁斷氣似的虛弱。

一天晚上，李東聖正在房間張羅李嫂的飯食，這李嫂忽然叫住李東聖，跟他說了，謝謝他這些日子以來的照顧，她有兩個希望，要李東聖替她完成，一是幫她繼續照顧含笑，二是希望在她死後，能將她葬在她跟含笑住的豬圈後坡的那塊地上，說著說著，人就斷了氣，剩下一旁傻站的李東聖了。

李嫂因為傷心過度，抑鬱了兩年多的情緒，終還是過世了，李東聖按李嫂對他的請託，將她葬在豬圈後坵的地方。

李嫂過世之後，李東聖憔悴了，整個人也沒精神了，照著李嫂的話，他仍關照著含笑，也每天送含笑到廟口市集販售香火袋，這一天，李東聖晃著神在街上走著，要彎過路口時，不小心讓車子給撞了，這一下撞得不輕，李東聖當場昏迷，哎，多情種了，情多磨呀，送到醫院，醫生看著情況不樂觀，緊急通知家屬，這李東聖家屬剩下一個堂親兄弟李廣源，這李廣源趕到醫院時李東聖也只撐著一口氣，似乎想交代個事情才沒心噶屁似的。

李廣源挨著李東聖的身邊坐著，李東聖對這表弟說道：廣源啊，因為只有你這兄弟，哥拜託你一件事，俺將房產及繡袋工坊都交代給你，只麻煩你替俺照顧含笑這孩子，俺死後將俺挨著李嫂的墓旁葬著，李廣源是聽的一把鼻涕一把眼淚的淌著，俺跟各位說呀，這李廣源心地不壞，人也老實，凡事都聽老婆的，他這眼淚鼻涕一把一把的淌，是真的，各位千萬別懷疑呀。

李廣源滿口答應了李東聖的請託，哇靠，當下李東聖也就真噶屁了，距李嫂噶屁時間前後不到兩個月，大夥兒說道，或許兩人下冥府去當地下夫妻了，是不是鬧真的，俺也不敢跟各位哈啦做保證了。

說到李廣源，咱必須跟大夥兒介紹一下，李廣源這人老實，長的方臉，大頭大耳的矮胖的一個人，他老兄倒娶了一個非常漂亮的媳婦，身材臉蛋漂亮，可這心眼依大夥鄉親掂量的，是一點都不漂亮，她這女人呀，沒啥本事，既虛華又事事愛與人較勁，就連家裡養的母雞屁股都可以拿來跟街坊鄰居比大小了，各位說扯不扯的這女人。

這倆夫妻沒啥成就，只開個小雜貨鋪，就因為李廣源這媳婦愛與人較勁的習慣，所以李廣源長年以來都在這媳婦的抱怨之下活著，算被踩矮又踩死了，這李東聖死後留下的這些產業給他這堂兄弟，這下李廣源這媳婦總算是可以顯擺，橫著身子在路上斜著走了。

八

李廣源為李東聖辦好喪事之後，就收掉了他那家小雜貨鋪，帶上妻小搬進了李東聖的家宅，也繼續張羅香火袋製繡工坊的事，其實這工坊也只有兩位老人家留在李家工作，是因為李東聖待他們甚好，所以都一直留在李東聖家裡幫忙。

在李廣源妻子住進李宅之後，整個關注的焦點就放在含笑的身上，奇怪李家怎麼會住著供著這麼一個殘疾奇怪的小孩住在這兒，大夥兒記得吧，俺前面說過，李廣源這媳婦人長得漂亮，但心地非常不漂亮，打進門起她就瞧著含笑礙眼，儘管李廣源跟他這媳婦說好說歹的，說道這含笑是李東聖將她視為親女，臨終時還託囑要好好關照她，這才將產業過給他的，可李廣源這媳婦就是不吃這一套，所以他們搬進來的第三天，就將含笑趕回山坡上的豬圈裡了。

好在這李廣源心地還算老實，他總會叫人準備含笑一天的飯食要人給含笑送上去，這孬的男人倒總還有一點可取之處啦，要不然，就俺感覺的，這李東聖半夜肯定偷溜出閻王府回來將這孬貨給掐死了。

含笑再次回到豬圈自己生活，那年她剛滿十三歲，之前李東聖給李嫂跟含笑販售的香火袋，其實李東聖是怕傷了李嫂的自尊，雖有收錢，但都只是象徵性的收一下而已，現在李廣源那妻子當了家，掌了財，對含笑收的可真要按批價的收費了。

打含笑十三歲起，就她獨自一人坐在一塊架著四個輪子一個擺架的板車上，用手划著，像划船一樣，每天划到市集販售香火袋。

這李廣源一過上好日子，連人也不做了，學人做起闊爺來了，別說要張羅含笑的三餐呀，看是當街撞上了，他老兄還得先乾咳幾聲，提醒含笑別認他這個闊爺，免得讓人說他跟低下人混在一塊了，這狗仗人勢，一旦沾了福，自然是條肥壯的惡狗了，哪肯承認自己曾是街上的一條落皮狗了，我呸，眾人也呸，他奶奶滴李廣源，虧俺前面還稱讚他是一個老實人了。

其實含笑打小時候跟李嫂一起在廟口販售香火袋起，廟街的攤主有好多人都認識含笑了，含笑天生一張惹人憐惜的笑臉，更是樂的大家都將她當一家人看，送水的送水，送食的送食，反倒一點也餓不著含笑的肚子，可就有一個大問題，每當含笑癲癇犯病的時候，總得有人落下攤子過去幫她，有藥時餵藥，沒藥時得趕緊送醫，人說，廟口市集像是一個社會的小角落，也是個小社會的縮影，但這小角落也顯現出了人性本善，底下階層互助打拼的生活模式，要是各位看著大家合力抬著犯病時的含笑，扳牙的扳牙，餵藥的餵藥或吆喝大家將含笑送醫的那些景像，俺敢在這兒說的，包管各位見著了，眼角都得要淌淚了。

日子過得快，挨著挨著，含笑也大到十九歲了，那天傍晚收了攤，含笑划著板車，吃力的挺道上坡，打開了豬圈外掛著的那不算門的門，昏暗中見裡面坐著一個抱著一個小包袱的小女孩，這含笑莫名其妙的以為自己走錯了地方，本來回頭想走，可她看一看四處，再次確認，這就是自己住的地方沒錯的，才進豬圈，鼓起偌大的勇氣問那小女孩：小妹妹，妳是誰呀？咱們認識嗎？說也奇怪，這一個才七歲大，長的可愛又聰明伶俐的小女孩，不但一點都不怕生，還大大方方的對含笑說道：是叔叔載我來這兒，說讓我找奶奶的，我奶奶大家叫她李嫂，我媽媽叫李瞳，我是李瞳的女兒，李嫂是我奶奶。

這小女孩一開口，像順口溜似的一串鞭炮，講完一大半話，聽的含笑是頭昏眼花的，不過總算也弄清楚搞明白了一件事，這女孩叫李鈞妍，跟著李瞳的姓，是李瞳的女兒，也就是李嫂的孫女，就這樣，大夥兒頭腦轉過來了嗎？

認真說來，雖非血親，但論關係來說，李鈞妍還得叫含笑一聲姨了，含笑也真當上阿姨了，這小女孩打進豬圈那天起，就這麼一直喊著含笑叫阿姨的。

含笑斷斷續續從這小女孩口中揣知李瞳離家之後的大概，原來李瞳離家之後就入酒店，在風塵界打滾，前前後後跟過四個男人，她所跟的男人都只當她是個風塵女，當她是個搖錢的貨，而李瞳自己在所處的環境之下，既染上賭博又犯上毒癮，除了自己背負一身債之外，還得替之前跟過的男人還債，這毒債、賭債在加上高利債的，我說不死也不成人樣了，就這樣，某天磕了藥犯了鬼上身的李瞳，自己割腕自殺身亡，至於她這女兒是哪個男人播的種，搞得李瞳這地主也不知道了，只知道是最後那一個男人把她送到豬圈的。

九

含笑與李鈞妍之間雖然沒有絲毫一點的血親關係，但她這阿姨當真是做得盡心盡力的，從小含笑跟著李嫂相依為命販售香火袋，現在身邊換了鈞妍這小女孩與她相依為命，鈞妍自小聰明，含笑身邊多了個小助手照應著，兩人感情自是非常深，雖然含笑販售香火袋的入錢不多，但對栽培鈞妍卻非常用心，她縮衣節食的也要讓鈞妍正常的入學求學，這鈞妍似乎也明白這窮人家的孩子要出人頭地，唯有拼命的使勁的用力得讀好書，才是個出路，所以從小成績就保持著特優，不僅未讓含笑失望，反而替她這阿姨帶來了許多榮耀。

日子過得快，鈞妍過不久就要參加大學高考了，這陣子含笑堅持鈞妍都要好好待在家裡準備功課，不准她來市集幫她做販售工作。

這一晚，含笑跟鈞妍在屋內開心的聊著，忽然間，含笑要鈞妍扶她到豬圈內一個豬食槽旁，來到食槽旁含笑指著右邊一個圈圈，對鈞妍說了：鈞妍呀，如果哪天阿姨不在了，你又考上好的大學時，妳就將那圈圈提起來，打開了，知道嗎？鈞妍聽的是莫名其妙的，但也只能點頭應著含笑，因為女孩子家也不知道這阿姨葫蘆裡賣的是啥藥的。

鈞妍高考總算是考完了，這幾天在家裡等放榜，原本要跟含笑一起上廟口市集販售香袋，但含笑叫她留在家裡，將自己的衣物整理整理，所以她就留在家裡了。

這一天是廟口神明的壽誕，祝壽的陣頭跟各路來的香客特別多，由於太過擁擠，含笑硬是被擠在廟外攤邊外處，顯得動彈不得，這時鞭炮轟炸聲跟鑼鼓聲齊聲巨響，加上一陣煙霧一起矇了這小市集。

在販口不遠處忽然有人高叫，快來救人呀，快來救人呀，由於人群、鞭炮、鑼鼓聲雜，那喊救命的聲音是聽到的人有限，一直傳到眾人耳裡時，眾人才驚覺得靠過去，這一下，有人喊了：有個賣香袋的殘疾女子翻白眼了，快來救人呀，這一下，攤頭的人意識到，可能含笑出事了，有好多攤主熟人馬上放下攤上的生意，竄進人群裡，這一瞧，真不得了，果真是含笑的癲癇又犯了，這下白眼吊的厲害，牙口都咬的出血了，眾人一看不妙，幾個壯漢馬上用板車趕緊將含笑送醫去了。

含笑送醫遲了，到醫院時身體都僵直也斷氣了，剩下鈞妍小女孩一個，還好市集小攤與含笑的一些舊識，一起來幫鈞妍張羅含笑的喪事，這葬禮簡單但人情味十足，市井小民的情誼展露無疑。

這一夜，鈞妍自個兒坐在房內，一個人腦筋空白，發著愣，深覺的人情世間世事難料，自己像一下子漂向茫茫大海的一葉獨舟，既無力又毫無方向感，忽然一下子腦海閃過了含笑對她說的話，這一下醒乎過來，走向豬槽，掀開圈圈，發現這圈圈裡頭放了一個大桶盒，上面放了一張紙條，這是含笑生前託人寫的，上面寫道：

「鈞妍，阿姨不識字，也不懂如何教小孩，能力也有限，這些錢是妳奶奶，自妳媽離家後，她一直攢存，說要給妳媽媽置辦嫁妝的，阿姨身體不好，隨時都有可能離妳而去，當妳看到這封信時，阿姨不在了，妳得用這些錢好好的去完成妳的學業，阿姨及妳奶奶還有妳媽，就看著妳，希望，也祝妳成功出人頭地。」

這信看的鈞妍真是哭癱了，她在豬圈裡待了十幾天，這一天她才出門，因為今天是放榜的日子，來到學校榜單前，她看到在第一大名校裡印著她的名字，她欣喜但卻笑不出來，只有泛紅著臉，那一天回到豬圈收拾好一些衣物，隔天她離開了自小來到這兒就不曾再離開的小鎮。因為她知道她必須遵照含笑姨的約定，也一定要實現她從小努力想要獲得的成功與理想。

隔天鈞妍離開小鎮上大城市去了，來到城市，鈞妍租了個小房間，她總是半工半讀的，除非不得已，否則絕不隨便花用奶奶跟含笑姨留下的錢，所以她白天上課，晚上不是兼家教的差就是到餐館洗碗，忙著忙著，幾日、幾月、幾年，小鎮淡忘了她，可她仍惦記著小鎮，因為在她心裡，小鎮有人等著她，只是她現在還不能回去，她在等待回去探望她兩位親人的時機。

十

這一年冬天來的特別早，也特別冷，小鎮市集顯得特別冷清，所以忽然駛進一輛豪華轎車來就顯得特別顯眼，一些攤主望著，交頭接耳的說：可能又是個土豪或達官顯要來這兒顯擺的吧。大家望著車子一路駛向豬圈，在豬圈坡下停下來，有一些含笑的舊識一看這車停在含笑的豬圈外，這心裡犯了疑，好一些人跟上了要去探個究竟。

看著車裡一個男司機載著一個女人，這女人走下車來，大夥兒這眼睛都閃亮放光了，是個年輕漂亮又有氣質的女孩，看得大夥兒都犯傻了，杵在那兒忘了動啦，反倒是這年輕女孩走向大家，向大家問好叫道：男叔、春嬸、娥姨、東伯大家好，妳們認不出我來了呀，我是鈞妍啊。

乖乖不得了，大夥兒這才醒活過來，有人說道：幾年不見，這鈞妍長成這樣啦。

南叔先對鈞妍笑著答道：這鈞妍呀，妳是回來看奶奶跟含笑姨的嗎？這鈞妍笑著答道：是呀，好些年沒回來跟奶奶、阿姨上香了，今天特地撥空回來的。

就這樣，大夥兒跟著鈞妍一路聊到李嫂跟含笑墓前，看著鈞妍跟李嫂、含笑上香，鈞妍流著淚在墓前說道：奶奶、阿姨，鈞妍沒讓妳們失望，鈞妍熬過來了，今天回來看妳們了。

哎，大夥兒這心也跟著酸了，這東伯問著鈞妍說道：鈞妍呀，妳在哪兒上班呀，要常回來看看奶奶跟阿姨知道嗎？鈞妍笑開了眼對大家說道：各位叔伯阿姨，謝謝你們在我小時候對我的照顧，我會常回來看你們的，說完，離去前遞了一張名片給東伯，要大家有空上城市裡找她玩。

這東伯往名片一瞧，這名片上印著幾個大字他倒認得，上面印著「展鈞律師樓，負責人：國際大律師，李鈞妍」，這下，市集攤上大夥兒笑開了，快樂的一天，大夥兒都為李嫂跟含笑感到欣慰。

國家圖書館出版品預行編目資料

含笑／村野夫 著. --初版.--臺中市：白象文化，2020.4
面； 公分. (說，故事；88)
ISBN 978-986-358-984-6(平裝)

863.57 109002259

說，故事(88)

含笑

作　　者　村野夫
校　　對　村野夫
專案主編　陳逸儒
出版編印　吳適意、林榮威、林孟侃、陳逸儒、黃麗穎
設計創意　張禮南、何佳諠
經銷推廣　李莉吟、莊博亞、劉育姍、李如玉
經紀企劃　張輝潭、洪怡欣、徐錦淳、黃姿虹
營運管理　林金郎、曾千熏
發 行 人　張輝潭
出版發行　白象文化事業有限公司
412台中市大里區科技路1號8樓之2(台中軟體園區)
出版專線：(04)2496-5995　傳真：(04)2496-9901
401台中市東區和平街228巷44號(經銷部)
購書專線：(04)2220-8589　傳真：(04)2220-8505
印　　刷　基盛印刷工場
初版一刷　2020 年 4 月
定　　價　250 元